W0321445

un baiser pour le roi

J'AI LU

Barbara Cartland est une romancière anglaise dont la réputation n'est plus à faire.

Près de trois cents romans variés et passionnants mêlent aventures et amour.

Les Éditions J'ai Lu *en ont déjà publié plus de soixante que vous retrouverez dans le catalogue gratuit disponible chez tous les libraires.*

Les Éditions J'ai Lu *publient également* Les romans préférés de Barbara Cartland, *un choix des livres qui ont enchanté sa jeunesse.*

BARBARA CARTLAND

un baiser pour le roi

traduit de l'anglais par Lydia Grandjean

Éditions J'ai Lu

Ce roman a paru sous le titre original :

A KISS FOR THE KING

© Barbara Cartland

Pour la traduction française :
© Librairie Jules Tallandier, 1981

NOTE DE L'AUTEUR

Quelques semaines après la fin de cette histoire, le 2 avril 1860, Nice et la Savoie furent annexés à l'Empire français.

Malgré le plébiscite, les Anglais y virent un acte d'agression injustifiable.

En Angleterre, la panique qui succéda à l'invasion ne disparut pas tout de suite et ne s'affaiblit que progressivement. Ce fut seulement vers le milieu de l'année 1861, lorsque le nombre des cuirassés britanniques passa de quatre à quinze et qu'apparurent de nouvelles armes, que les dirigeants britanniques sentirent que le plus dur était passé.

Mais les relations entre l'Angleterre victorienne et l'Empire français restèrent marquées par ces années de crainte.

En 1870, le Second Empire essuya à Sedan une défaite humiliante face aux Prussiens.

C'est dans le seul intérêt de cette histoire que j'ai supposé que le « H.M.S. Warrior » – premier cuirassé britannique – naviguait déjà en 1860, car en fait son lancement n'eut lieu qu'un an plus tard.

1

– Je vous aime, Anastasia!

– C'est regrettable, Christopher.

– Il faut que je vous parle. Où pourrions-nous être tranquilles?

– Certainement pas dans ce château, vous le savez!

– J'ai quelque chose à vous dire...

– Alors il faudra que vous attendiez.

Tout en lui parlant, Sa Majesté la princesse royale regardait son cavalier avec malice. Le visage du vicomte Lyncombe avait un air sévère lorsqu'il l'entraîna à travers le salon Rouge du château de Windsor pour une valse viennoise.

La lumière vacillante de centaines de chandelles illuminait les couples et faisait scintiller les décorations des gentlemen.

Les crinolines donnaient aux femmes l'allure de cygnes élégants et leurs évolutions avaient une grâce indicible. Cependant, on avait pu voir la reine sourciller légèrement tout à l'heure, lorsque ses hôtes s'étaient élancés dans une mazurka endiablée, puis dans une danse allemande du nom de Gross Vater.

– Il faut que je vous parle, Anastasia, répéta le vicomte Lyncombe. Ce que j'ai à dire vous concerne directement et vous devez m'écouter.

– S'il s'agit encore d'une proposition de mariage, Christopher, répliqua la princesse Anastasia, il est inutile que je vous écoute. Vous savez bien que cela est hors de question.

– Et pourquoi donc? répliqua le vicomte, irrité.

– Parce que je suis de sang royal... même si je n'en tire guère de profit.

– Que voulez-vous dire? demanda-t-il. Après tout, mon père est issu d'une des plus vieilles familles de Grande-Bretagne. Mes ancêtres avaient déjà le titre de comte à l'époque d'Azincourt, alors que votre...

Il s'arrêta brusquement, comprenant qu'il était sur le point de dire quelque chose de blessant.

– Eh bien, dites-le! insista la princesse Anastasia.

– ... Votre pays est passé sous domination prussienne.

– Papa était peut-être un Hohlenstein, répliqua la princesse Anastasia, mais maman est une cousine de la reine et vous savez aussi bien que moi que Sa Majesté ne permettrait jamais à aucune d'entre nous d'épouser un homme qui ne soit pas de sang royal!

– Nous pourrions nous enfuir! suggéra le vicomte.

Il avait prononcé ces paroles sur un ton si exalté que la princesse le regarda avec surprise.

Elle connaissait Christopher Lyncombe depuis toujours, la comtesse de Coombe étant une amie intime de sa mère.

Il était de six ans son aîné. Elle savait à peine marcher que déjà il la taquinait jusqu'à ce qu'elle pleure. Il lui tirait les cheveux et, plus tard, l'obligeait à céder à ses moindres caprices, lorsque la princesse Béatrice, grande duchesse de Hohlenstein passait quelque temps dans le château du comte et de la comtesse.

Anastasia avait maintenant près de dix-huit ans, et brusquement le vicomte, après avoir mené une vie légère et brillante à Londres, était tombé amoureux d'elle. Il fut lui-même surpris de l'intense émotion qu'elle avait soulevée en lui. C'était un événement qu'Anastasia n'aurait jamais imaginé, même dans ses rêves les plus fous.

– Etes-vous sérieux?

Elle jeta des regards inquiets autour d'elle pour s'assurer que personne ne pouvait entendre leur conversation. Par chance, alors que pour Noël on avait donné une très grande réception au château de Windsor, la reine n'avait invité qu'un nombre restreint de personnes à ce bal qu'elle donnait la veille de son départ et qui devait être, avant tout, une réunion familiale.

– Bien sûr que je suis sérieux! affirma le vicomte en s'emportant. Je vous aime, Anastasia, et je ne peux pas vivre sans vous.

– Il m'est difficile de croire à cet amour subit, répondit Anastasia. Je n'ai pas oublié combien vous avez été désobligeant, il y a deux ans, lorsque j'ai été piquée par des moustiques: vous ne cessiez de m'appeler « Votre Majesté à pois ».

– Vous n'étiez pas telle que vous êtes aujourd'hui, répondit-il, son regard fixé sur le petit visage en forme de cœur qu'elle tournait vers lui.

Puis il ajouta presque en colère:

– Vous êtes belle! Vous le savez bien! Vous êtes trop belle pour que j'accepte de vous perdre, Anastasia.

– Mais qu'est-ce qui vous pousse à me parler de la sorte?

– Mon père était au Conseil privé ce matin. On y a décidé de votre avenir!

– Décidé de mon avenir? répéta Anastasia affolée.

– C'est la raison pour laquelle vous devez vous enfuir avec moi. Nous partirons où vous le désirerez, n'importe où, là où personne ne pourra nous empêcher de nous marier, là où nous pourrons vivre ensemble...

– Où irions-nous? demanda Anastasia avec curiosité.

– Où vous voudrez, répondit le vicomte. J'ai beaucoup d'argent et nous serions si heureux que rien d'autre n'aurait d'importance.

– La reine ferait tout pour nous en empêcher... J'en suis convaincue! De toute façon, je ne suis pas sûre que je serais heureuse, loin de tous ceux qui me sont chers, dans un pays inconnu.

– C'est pourtant le sort qu'on vous réserve, dit le vicomte.

– Qu'a-t-il été... décidé? demanda-t-elle, dans un murmure.

– Que vous deviez épouser Maximilien de Maurona!

– Le roi?

– Oui, le roi. Vous allez devenir reine, Anastasia, mariée à un homme que vous n'avez jamais vu et qui, d'après ce que j'en sais, n'est pas du tout le genre d'époux qui vous conviendrait.

– Comment pouvez-vous savoir... cela? demanda encore Anastasia.

– Mon père m'a dit que c'était une idée de la reine et on a rappelé de Maurona l'ambassadeur de Grande-Bretagne pour lui donner des instructions à ce sujet. Le roi est déjà au courant de cette union.

– Peut-être refusera-t-il de... m'épouser? dit la jeune fille en se parlant à elle-même.

– Il n'a pas le choix, pas plus que vous, répliqua le vicomte. Maurona n'est pas un pays assez puissant pour oser défier la Grande-Bretagne. Le roi ne serait peut-être pas opposé à une annexion par la France, mais ses sujets, eux, ne l'accepteraient pas.

– Pourquoi le roi n'y serait-il pas opposé? demanda Anastasia avec curiosité.

– C'est que, si vous voulez savoir toute la vérité, répondit le vicomte, Sa Majesté est pleine d'admiration pour tout ce qui vient de France et particulièrement pour les Françaises. Quand il n'est pas à Paris pour jouir de la compagnie des belles du Second Empire, il entretient une liaison scandaleuse avec la femme de l'ambassadeur de France.

On devinait une certaine amertume dans la voix du vicomte qui ajouta, un peu gêné :

– Je ne devrais pas vous dévoiler ces particularités, mais il faut bien que vous preniez conscience de l'impossibilité de votre mariage avec un tel homme.

– L'avez-vous déjà rencontré? s'informa Anastasia.

Le vicomte ne répondit pas tout de suite, éloignant en silence sa cavalière de la reine qui dansait avec un des cousins Coburg du prince consort.

Quand il fut sûr de ne plus être entendu, le vicomte reprit :

– Oui, je l'ai vu deux fois. C'est un homme de bonne compagnie, mais certainement pas un époux pour vous!

– N'ai-je pas... mon mot... à dire? demanda Anastasia d'une voix faible.

– Vous savez parfaitement que l'on ne vous demandera pas votre avis, répondit le vicomte Lyncombe. On vous en informera une fois le mariage organisé et vous n'aurez pas le temps de réagir. Il y a urgence!

– Comment, urgence? Expliquez-moi! supplia Anastasia.

– Je ne devrais pas dévoiler ces secrets, répondit le vicomte, mais le bruit court, au ministère des Affaires étrangères, que l'empereur, après la signature d'un armistice avec l'Autriche serait prêt à se lancer dans de nouvelles conquêtes et aurait conçu le projet d'annexer Nice et la Savoie.

– Il ne le pourra sûrement pas! s'exclama Anastasia.

– Et pourquoi donc? répliqua le vicomte Lyncombe. Comparée à la conquête de la Grande-Bretagne que les Français ont déjà envisagée, celle d'une petite principauté du continent n'est qu'un jeu d'enfant.

– Je ne peux croire à l'imminence d'un tel danger, dit Anastasia.

Elle manquait pourtant de conviction en prononçant ces paroles.

La tension qui régnait en Angleterre, deux ans auparavant, avait amené le gouvernement à approuver la formation d'un corps d'artillerie composé de volontaires qui se mirent au service de l'armée régulière et de la milice. L'enthousiasme de la population dépassa toutes les prévisions. Cent trente-quatre mille hommes s'enrôlèrent en quelques semaines. C'est avec joie que les volontaires délaissaient leurs occupations quotidiennes et acceptaient, pour servir la reine et leur patrie, de subir, avec la bénédiction de leur femme ou de leur bien-aimée, un entraînement qui durait vingt-quatre jours par an.

Dans les villages comme dans les villes, les fanfares militaires envahissaient les parcs. Car Londres n'avait pas été la seule ville touchée par cet élan de patriotisme et par cette ardeur à repousser une éventuelle invasion française.

A la suite d'un grand défilé, lord Derby avait convié dix mille volontaires du Lancashire qui, avait-on rapporté, engloutirent 11 340 petits pâtés en croûte et 59 barriques de bière.

Anastasia savait bien que, même si les caricaturistes s'étaient emparés de ces événements, les diplomates et les politiciens que sa mère recevait les considéraient avec sérieux.

Sir Charles Napier, qui avait commandé la flotte de la Baltique pendant la guerre de Crimée, avait d'ailleurs déclaré en sa présence :

– Jamais depuis ma jeunesse, à l'époque où Napoléon Ier menaçait notre pays avec une flotte immense et un million d'hommes armés, la France n'a représenté un si grand danger pour l'Angleterre!

En août 1858, en revenant d'une revue navale à Cherbourg, la reine et le prince consort avaient fait partager à la grande duchesse leurs craintes au sujet des manœuvres de la flotte française qui pouvaient laisser supposer des intentions belliqueuses.

Quand le premier cuirassé, la « Gloire », fut mis à flot en France, à la fin de l'année dernière, la reine s'était alarmée :

– Il faut faire quelque chose, et vite!

– Les notes diplomatiques indiquent que l'empereur Louis Napoléon prépare une attaque, avait annoncé lord Palmerston à la grande duchesse, une semaine auparavant, alors qu'il dînait au château de Windsor.

Anastasia s'interrogeait maintenant sur le motif secret qui l'avait poussé à confier à sa mère la crainte que lui inspiraient les Français.

Elle n'avait nul besoin des explications de Lyncombe pour comprendre que la situation politique déterminerait les conditions du mariage du roi Maximilien.

Maurona était un petit royaume méditerranéen pris entre la France et l'Espagne. C'était, certes, un pays indépendant, tout comme Nice et la Savoie étaient censés l'être, mais son souverain était bien obligé de respecter les volontés de ses puissants voisins.

– Vous comprenez maintenant pourquoi nous devons agir rapidement, dit le vicomte Lyncombe, interrompant le cours de ses pensées. Vous devez fuir avec moi Anastasia, j'ai déjà tout préparé! Quand retournez-vous chez vous?

– Nous partons demain, maman et moi.

– Eh bien, je vous enlèverai jeudi.

– Non... Christopher, vous ne pouvez parler aussi inconsidérément! s'exclama Anastasia. Je ne puis rien décider avant d'être sûre que vous me dites bien toute la vérité.

– Vous le saurez toujours assez tôt, répliqua le vicomte sombrement. Vous savez comme moi, Anastasia, que mon père n'affirme jamais rien à la légère.

« Hélas, pensa Anastasia, ce doit être la vérité car le comte de Coombe est trop imbu de ses hautes fonctions pour colporter de simples suppositions et ses rares paroles passent dans les milieux de la Cour pour de véritables oracles. S'il a affirmé que le Conseil privé a décidé de me faire épouser le roi de Maurona, il y a de grandes chances pour que cette information soit sérieuse. »

La raison d'Etat parut à Anastasia un moyen bien facile pour le Conseil privé de disposer de son avenir.

Un grand nombre de gens considérait qu'un Noël au château de Windsor était une chose plutôt triste et prodigieusement ennuyeuse. Anastasia, au contraire, avait toujours trouvé beaucoup de charme à ces réunions quasi familiales qui rompaient avec la monotonie de la vie qu'elle menait en compagnie de sa mère dans la maison de Hampton Court Palace, que leur avait octroyée la reine.

Le château de Windsor, d'habitude triste, froid et plutôt sinistre paraissait soudain transformé lorsqu'arrivaient les fêtes de Noël.

De nombreux chandeliers éclairaient le salon privé de la reine, décoré de grands sapins de Noël couverts de bougies et de petits paquets multicolores. Les tables croulaient sous les friandises et le buffet était dressé autour d'une gigantesque pièce de bœuf.

Dans la « salle du Chêne », il y avait un autre sapin de Noël au pied duquel étaient rassemblés les cadeaux destinés à tous les membres de la famille. Chacun d'eux était accompagné d'une carte écrite de la main même de la reine. Cette année-là, les invités du château pouvaient aller chaque jour patiner sur le lac gelé ou se promener en traîneau, emmitouflés dans de somptueuses couvertures de fourrure.

Les soirées étaient animées : les enfants royaux interprétaient des saynètes composées pour eux ou l'on donnait un opéra de chambre dans la galerie de Waterloo dont l'acoustique n'était malheureusement pas très bonne.

Mais pour Anastasia, qui n'avait que rarement l'occasion d'aller au théâtre, c'était un plaisir merveilleux. Elle s'était promis d'interroger les musiciens et les chanteurs après l'un de ces spectacles, mais le train spécial qui avait transporté la troupe jusqu'à Windsor n'attendit pas son bon plaisir.

La jeune fille en fut légèrement dépitée car elle en attendait ce qui lui manquait le plus dans son existence trop bien réglée : l'imprévu qu'elle supposait être le lot des artistes. Mais le récit de leurs aventures ne franchissait guère les grilles des châteaux royaux.

Anastasia adorait interroger les rares visiteurs sur l'existence qu'ils menaient, et sa distraction préférée consistait à bavarder à bâtons rompus avec le prince consort.

Il adorait les mots d'esprit et les histoires drôles qu'il était parfois le seul à trouver amusantes, tout en sachant se montrer sérieux quand il abordait les problèmes scientifiques ou, plus encore, les affaires navales sur lesquelles il était intarissable.

En dehors des fêtes de fin d'année, l'existence d'Anastasia était d'une rare monotonie, réglée par une étiquette à laquelle la reine veillait personnellement. Le moindre événement prenait une importance extraordinaire, mais le plus souvent Anastasia en était réduite à jouer avec les plus jeunes aux jonchets ou à la main jaune, une nouvelle ronde qui amusait particulièrement les enfants.

Cette soirée-là resterait donc comme une tache de lumière dans la grisaille de son existence quotidienne. Elle n'oublierait pas de sitôt la gaieté des branles et des gigues écossaises, même si, comme elle en était sûre, sa mère lui reprocherait plus tard son exubérance.

– Vous devez vous conduire de manière plus digne! ne cessait de répéter la princesse Béatrice à sa fille.

La jeune princesse écoutait toujours ses remarques avec respect, ce qui ne l'empêchait pas de prendre, au passage, tout ce qui pouvait apporter un peu d'animation dans le cours trop régulier de son existence.

– Eh bien, avez-vous pris une décision? demanda le vicomte Lyncombe.

Sa voix interrompit net la rêverie d'Anastasia.

– Vous savez parfaitement que je ne peux pas prendre une telle décision, répondit-elle. Je ne m'enfuirai certainement pas avec vous!

– Si nous vivions à une autre époque, je vous aurais bien forcée à me suivre, dit Lyncombe mi-sérieux, mi-rieur.

– Vous m'auriez au moins laissée emporter quelques robes, rétorqua Anastasia, feignant la gaieté. Vous n'auriez pas le cœur d'enlever une pauvre fille sans ses bagages?

Le jeune homme rougit de colère et répliqua d'un ton acerbe :

– Vous avez tort de plaisanter, Anastasia, votre avenir dépend de la décision que je vous demande de prendre!

La danse s'arrêtait, les couples se séparaient. Lyncombe, en la raccompagnant, lui demanda :

– A quelle heure partez-vous demain?

– Tôt dans la matinée, je crois, répondit Anastasia. La reine n'aura sûrement plus envie de nous voir ici.

– J'irai chez vous demain soir. Je trouverai bien un prétexte. Un message de ma mère, par exemple...

– Je vous fais confiance pour avoir une bonne raison de vous présenter devant ma mère, dit Anastasia légèrement. Je me demande si elle est au courant de cette affaire...

Elle en acquit la certitude dès le lendemain matin quand elle quitta le château en compagnie de la princesse Béatrice.

En effet, à peine la voiture royale qui devait les reconduire à Hampton Court Palace avait-elle passé les grilles du château, que sa mère lui dit :

– Il faut que je vous parle, Anastasia.

– A quel sujet? demanda la jeune fille en ouvrant de grands yeux innocents.

– A propos de votre mariage.

– Mon mariage, maman?

– La reine aurait dû vous en parler elle-même,

continua la grande duchesse, mais elle pense qu'il est préférable que ce soit moi qui le fasse dans un premier temps, afin de vous faire comprendre la chance qui s'offre à vous.

Anastasia ne disait rien. Elle savait par expérience que c'était une erreur d'interrompre sa mère lorsque celle-ci désirait lui parler.

– L'éducation que vous avez reçue, Anastasia, continua la grande duchesse, doit vous permettre d'apprécier, sans que j'aie à vous les expliquer, les difficultés politiques que traverse notre pays face à l'éventualité d'une attaque française et d'une invasion dont nous menacent ceux en qui nous avions jusqu'alors confiance...

– J'en suis tout à fait consciente, maman, dit Anastasia d'un ton approbateur.

– C'est pourquoi le maintien de l'équilibre des forces en Europe est de première importance, et l'on doit, aujourd'hui, empêcher par tous les moyens les Français d'annexer tout territoire.

– Oui, bien sûr, maman.

– Et c'est pourquoi, nous devons chercher à convaincre Maurona de rester indépendant en lui proposant une reine dont les sympathies vont à la Grande-Bretagne.

La grande duchesse avait prononcé ces derniers mots très lentement, de manière à leur donner tout le poids nécessaire.

Après un temps de silence, Anastasia demanda calmement :

– En quoi cela me concerne-t-il, maman?

– Vous-même, Anastasia, avez été choisie par la reine pour être l'épouse du roi Maximilien!

Avant qu'Anastasia ait pu dire un mot, la grande duchesse ajouta rapidement :

– Je comprends votre surprise, Anastasia, ainsi que la tristesse qui vous envahit à l'idée d'être obligée de quitter votre famille et votre pays... Mais ce mariage représente ce que j'ai toujours espéré pour vous. Et je sais que, de son vivant, votre père se serait réjoui autant que moi à la pensée de vous voir prendre place parmi les têtes couronnées d'Europe.

– Pour quelle raison ai-je été choisie par la reine, maman? demanda Anastasia.

Il y eut un long silence, comme si la grande duchesse s'interrogeait sur l'opportunité de dévoiler la vérité à la jeune fille, puis avec un sourire inattendu, elle dit franchement :

– Vous êtes la plus jolie princesse en âge d'être mariée!

Anastasia se mit à rire :

– Après avoir vu les autres, maman, on peut avouer que je n'ai pas grand mérite!

La grande duchesse détourna son regard du visage amusé de sa fille, pour ajouter d'un ton plus sévère :

– Le roi Maximilien a la réputation d'être difficile en matière de femmes. Il était impossible de lui proposer une épouse qu'il n'aurait pas admirée ou qui n'aurait pas fait honneur au trône de Maurona.

Tout en disant cela, elle se rappelait les propres mots de la reine :

« Anastasia est en fait trop jeune, et d'après ce que je sais, bien trop frivole pour occuper une telle position... Mais il n'y a personne d'autre! Le prince consort et moi avons étudié minutieusement le problème, et nous n'avons trouvé aucune jeune fille dans notre entourage qui soit à la fois digne de la position à laquelle nous la destinons et possédant le charme que le roi Maximilien souhaite trouver chez la fiancée que nous lui réservons. »

La grande duchesse avait dû remercier avec humilité Sa Majesté pour l'honneur qu'elle lui faisait en choisissant sa fille, et elle ne pouvait se défendre, en dépit des critiques de la reine, d'éprouver une certaine satisfaction à l'idée qu'Anastasia était promise à un trône.

Depuis que son mari, le grand duc, était mort à la suite d'un accident, quatre ans après leur mariage, la princesse Béatrice s'était installée en Angleterre. Puis après l'annexion du Hohlenstein par la Prusse, réalisée sans coup férir et sans qu'aucune opposition ne se manifeste, tout naturellement, la princesse Béatrice avait rompu définitivement avec son pays d'adoption.

Anastasia avait donc été élevée, depuis l'âge de deux ans, comme une princesse anglaise.

Béatrice n'avait pas de fortune personnelle et l'annexion du duché l'avait privée des revenus que les Hohlenstein lui versaient depuis la mort de son époux. Seuls les privilèges qu'elle tirait de sa naissance et de l'affection de la reine lui permettaient de tenir son rang.

On lui avait fait don d'une maison dans l'enceinte du palais de Hampton Court, mais elle se considérait toujours comme la parente pauvre et savait que sa situation et celle d'Anastasia dépendaient entièrement de la bienveillance et de la protection de la reine Victoria.

Elles vivaient dans un appartement que la reine avait fait aménager dans le magnifique palais Tudor, qui servait alors de résidence aux familles des fonctionnaires de la Couronne sans fortune personnelle.

Les occupants des appartements de Hampton Court étaient pour la plupart des gens âgés et la princesse Béatrice ne tarda pas à craindre que cet entourage ne nuise à l'épanouissement de la jeune Anastasia.

Une fois par an, la mère et la fille étaient invitées à passer quelques jours au château de Windsor. La grande duchesse recevait aussi quelques invitations lors des cérémonies officielles, à Buckingham Palace, mais ce n'étaient pas là des distractions pour Anastasia qui demeurait en compagnie des professeurs chargés de son éducation.

La grande duchesse avait encore quelques amis de jeunesse qui l'invitaient parfois, mais, souvent, ils considéraient qu'il leur était difficile d'intégrer une femme seule à leurs réceptions privées.

Les Coombe étaient une exception, et quand la grande duchesse était invitée par son amie d'enfance, Anastasia l'accompagnait. La grande duchesse n'aurait pas été une vraie mère si elle n'avait pas quelquefois rêvé pour Anastasia d'une union avec le riche et charmant fils unique du comte et de la comtesse de Coombe.

Elle était néanmoins consciente de la vanité de cet espoir, puisqu'Anastasia était princesse royale et ne pouvait se marier sans le consentement de la reine. Or, Sa Majesté se serait absolument opposée à toute alliance avec une personne qui ne soit pas de sang royal.

Maintenant Anastasia allait devenir reine. La grande duchesse avait le cœur débordant de reconnaissance pour le destin qui leur offrait cette chance inespérée.

– Je me demande ce qui se passerait si je refusais, dit Anastasia d'une voix claire alors que la voiture passait devant Eton College.

Par la fenêtre, elle pouvait voir les magnifiques bâtiments de brique rouge qui avaient accueilli les fils de la meilleure société depuis des siècles.

– Refuser? s'exclama sa mère. Que voulez-vous dire Anastasia?...

– Ne pensez-vous pas qu'il soit barbare, alors que nous sommes censés vivre en démocratie, alors que les hommes se battent et meurent au nom de la liberté, d'obliger une jeune fille à épouser un homme qu'elle n'a jamais vu?

– Comment pouvez-vous dire une chose aussi absurde? demanda la grande duchesse. Vous savez comme moi que les mariages royaux sont toujours « arrangés », comme ils le sont d'ailleurs dans l'aristocratie tout entière.

– En fait, répliqua Anastasia, j'ai plutôt l'impression d'être mise en vente comme une marchandise sur le comptoir d'une boutique.

Elle se mit à rire et continua :

– En réalité, la reine a dit au roi Maximilien :

« Vous cherchez la protection et l'aide de l'Angleterre? Eh bien, dans ce cas, nous allons vous envoyer une de nos plus belles filles à marier! »

– Anastasia, vous me ferez mourir! s'exclama la grande duchesse d'une voix courroucée. Si la reine vous entendait, elle serait furieuse, absolument furieuse!

– Je ne parlerais certainement pas ainsi devant elle, maman, répondit Anastasia. C'est pourtant le fond de ma pensée.

– Eh bien, ne pensez plus, Anastasia. Vous ne comprenez donc pas quelle chance extraordinaire est la vôtre?

Anastasia ne répliqua pas et la grande duchesse poussa un léger soupir.

– Je sais, ma chérie, combien ces derniers mois ont été tristes pour vous. J'avais espéré qu'après votre entrée dans le monde, la reine s'efforcerait de vous inviter à ses dîners et aux réceptions de Buckingham Palace. Mais il n'en a rien été.

– Je ne crois pas que Sa Majesté m'apprécie beaucoup, maman, dit Anastasia d'un ton enjoué. Tout le monde sait qu'elle n'aime pas s'entourer de personnes trop séduisantes.

– Anastasia! s'exclama à nouveau la grande duchesse.

– C'est la vérité. Vous savez aussi bien que moi que depuis le scandale provoqué par lady Flora Hastings, que tout le monde croyait enceinte, la reine se méfie des dames d'honneur trop jolies.

– Comment pouvez-vous évoquer de si regrettables événements? demanda la duchesse interloquée. Qui vous en a parlé?

– Tout le monde en a parlé à Hampton Court Palace, et vous la première, répondit Anastasia. De plus, vous savez bien que la tante de lady Flora est une de nos voisines!

– Elle n'aurait pas dû vous parler de cet incident qui

s'est produit bien avant votre naissance, protesta la grande duchesse.

– Les personnes âgées ont beaucoup de souvenirs, dit Anastasia avec malice, et elles aiment toujours parler de leur jeunesse. Je voulais seulement vous expliquer, maman, pourquoi la reine ne m'aimait pas.

– Il ne s'agit pas de savoir si la reine vous aime ou non, Anastasia, répliqua sèchement la grande duchesse. Elle a montré qu'elle voulait votre bien et c'est la seule chose qui compte. Sa Majesté a même offert sa participation pour votre trousseau.

Anastasia poussa un petit cri.

– Je n'arrive pas à y croire! Oh, maman, quel bonheur de pouvoir enfin porter de belles robes! Je suis si lasse de celles que nous devons faire faire à la maison, et la pauvre Mrs Hawkins n'est plus capable de coudre. Elle souffre si fort de son arthrite que je n'ose lui demander de défaire une simple couture ou de faire la moindre reprise. C'est devenu un véritable martyre pour elle que de tenir une aiguille.

– Nous n'avons pu, jusqu'à maintenant, nous adresser à quelqu'un d'autre, fit la grande duchesse, comme pour s'excuser.

– Je sais bien, maman, et je ne me plains pas, dit rapidement Anastasia. Mais comme cela sera merveilleux de pouvoir aller faire des achats à Londres. La reine a-t-elle dit combien elle acceptait de dépenser?

– Elle n'a pas donné de chiffre précis, répondit la grande duchesse. Elle a seulement dit qu'elle vous fournirait une demi-douzaine de robes du soir, une douzaine de toilettes pour la journée et autant de dessous qu'il vous sera nécessaire, sans oublier votre robe de mariée.

– C'est vraiment extraordinaire! s'écria Anastasia. Plus extraordinaire que de savoir que je deviendrai l'épouse d'un roi qui préfère les Françaises aux Anglaises.

– Anastasia! s'exclama à nouveau la grande duchesse. Qu'est-ce qui vous autorise à proférer de telles affirmations? Et qui donc vous a rapporté tous ces ragots au sujet du roi Maximilien?

– Soyez franche avec moi, maman, dit Anastasia. Ne savez-vous pas que le roi a un penchant pour tout ce qui vient de France, et que c'est une des raisons pour lesquelles la reine craint tellement de voir Maurona annexé à l'Empire français?

– Je me demande où vous avez pu entendre..., commença la grande duchesse.

Puis, croisant le regard de sa fille, elle reconnut à contrecœur :

– Je sais que le roi va souvent à Paris!

– Les Françaises sont passionnées, maman, passionnées, séduisantes et si gaies! Croyez-vous que le roi puisse me désirer?

La grande duchesse regarda sa fille et ne sut que répondre. On avait donné à Anastasia un prénom d'origine russe parce que le tsar avait été un de ses parrains, et que son père était originaire d'Europe de l'Est, mais tout en elle était anglais.

Elle avait les yeux d'un bleu très pâle et un petit visage en forme de cœur. Ses cils étaient longs et noirs, alors que ses cheveux avaient le reflet doré des rayons de soleil au printemps. Ils brillaient d'un éclat extraordinaire, même les jours les plus gris. Elle était fine et possédait une grâce qu'elle pensait avoir héritée d'une des aïeules autrichiennes de son père. Elle tenait sa peau, si blanche qu'elle semblait parfois transparente, de sa mère qui était anglaise, tout comme sa grand-mère paternelle.

Malicieusement, et peut-être seulement pour confondre les mauvaises langues, elle ne répondait pas à l'idée répandue qui veut qu'un joli visage cache une tête vide : elle était en effet très intelligente. Elle était aussi sensible, et sa mère s'inquiétait même souvent de son excessive vulnérabilité.

Pour la première fois, la grande duchesse se demanda comment Anastasia si jeune, si innocente et si ignorante des problèmes diplomatiques pourrait vivre avec un homme tel que le roi Maximilien. Puis elle se rappela qu'elle-même avait été parfaitement heureuse avec son époux, quoique leur mariage ait été « arrangé » dans des circonstances similaires.

L'importance et l'autorité dont jouissait le grand duc de Hohlenstein ne pouvaient certes pas se comparer à celles du roi de Maurona. Elle avait cependant quitté l'Angleterre pour épouser un homme qu'elle n'avait vu qu'une fois. Elle n'était tombée amoureuse de lui que quelque temps après leur mariage.

Evidemment son éducation avait été très différente de celle qu'avait reçue Anastasia. Elle était issue d'une famille nombreuse au sein de laquelle elle avait été élevée avec des frères. Elle avait adoré son père qui, au fil des ans, était devenu son ami.

En choisissant ses mots avec précaution, la grande duchesse remarqua :

– Je crois, Anastasia, qu'un homme peut rechercher la compagnie de certaines femmes pour se distraire et désirer une épouse toute différente, par son apparence comme par son caractère.

– C'est une pensée consolatrice, maman, répondit Anastasia. Mais lady Walters m'a dit que les hommes tombent toujours amoureux du même type de femme, exactement comme certains amateurs de chiens préfèrent les labradors et d'autres les dalmatiens!

– Lady Walters! s'exclama la grande duchesse. Je vous ai déjà demandé, Anastasia, de ne pas fréquenter autant cette dame. Je n'ai jamais compris comment elle avait réussi à loger à Hampton Court Palace! J'ai même peine à croire que la reine l'ait déjà rencontrée!

– Oh! mais si, maman! Lady Walters m'a du reste, souvent conté comment Sa Majesté a toujours cherché à l'écraser de sa supériorité... et cela lui était difficile, malgré sa prestance, car elle est beaucoup plus petite qu'elle par la taille!

– Je n'ai pas envie de poursuivre cette conversation,

Anastasia, dit la grande duchesse, et je vous prie de ne pas parler de votre futur mariage à cette femme.

Anastasia ne répondit pas, mais elle se promettait déjà d'obtenir de lady Walters des informations supplémentaires sur le roi Maximilien.

Veuve d'un diplomate distingué, lady Walters connaissait un nombre incroyable d'anecdotes sur les personnages importants de tous les pays du monde.

Bien que très âgée elle portait toujours la même perruque rousse qu'au temps de sa jeunesse et continuait à se farder le visage, ce qui était violemment condamné par la grande duchesse comme par tous les autres occupants de Hampton Court.

Lady Walters était pourtant une femme pleine d'esprit. Elle faisait rire Anastasia en lui racontant les scandales de toutes les cours où son mari avait été ambassadeur. Si elle se montrait quelque peu malveillante vis-à-vis de la reine, c'était la conséquence du mépris et de l'oubli dont elle et son mari avaient été victimes lorsque celui-ci avait été mis à la retraite.

Comme la voiture se dirigeait vers Hampton Court Palace, Anastasia réfléchissait à toutes les questions qu'elle voulait poser à lady Walters.

Elle ne pouvait s'empêcher de se rappeler l'ardeur avec laquelle le vicomte avait essayé de la convaincre de ne pas épouser le roi Maximilien.

« Christopher est jaloux », se dit-elle.

En même temps, elle ne pouvait croire que son attitude n'était dictée que par son amour pour elle. Il n'approuvait sûrement pas la conduite du roi, et elle se demandait quelles bévues Sa Majesté avait bien pu commettre pour mériter un tel mépris!

Elle songeait également à ce qu'elle savait de Paris, de la gaieté et des extravagances du Second Empire.

Elle se rappela alors que deux ans auparavant, l'empereur Napoléon III et l'impératrice Eugénie étaient venus en Angleterre et avaient séjourné à Osborne avec la reine.

La grande duchesse avait été invitée à une des

réceptions données en leur honneur mais, bien sûr, sans Anastasia qui était beaucoup trop jeune. Elle avait cependant suivi de très près leur visite à travers les confidences que sa mère lui avait faites à son retour.

L'impératrice portait des toilettes magnifiques dont Anastasia avait vu les reproductions dans les journaux illustrés.

L'année suivante, la reine avait fait un voyage à Cherbourg; malheureusement la grande duchesse ne fut pas invitée à traverser la Manche.

Lady Walters, qui avait été mise au courant des moindres détails de ce séjour par une de ses amies, avait raconté à Anastasia que Sa Majesté n'avait pas même daigné sourire – encore moins donner le baiser d'usage – à la femme du ministre des Affaires étrangères, Mme Walenska.

– Pour quelle raison? avait demandé Anastasia.

– Sa liaison avec l'empereur était trop notoire pour que Sa Majesté puisse feindre de l'ignorer, avait répondu lady Walters.

– Vous voulez dire que l'empereur...

– Ma chérie, c'est un Français, avait répondu lady Walters sur un ton amusé. Il n'y a pas une seule jolie femme à Paris que l'empereur ne regarde avec intérêt. Et qui refuserait de se laisser courtiser par un homme dans sa position?

Anastasia avait ensuite médité sur ce qu'elle venait d'entendre. La vie calme et sans surprise qu'elle menait ne lui avait jamais permis d'imaginer de telles turpitudes : sa mère lui avait toujours laissé croire que, une fois mariée, sa vie serait toute tracée.

En outre, il s'agissait de l'empereur des Français, d'un homme qui avait vécu en Angleterre où il avait conservé une grande popularité jusqu'aux récentes rumeurs d'une possible invasion; et voilà qu'il était infidèle à sa charmante épouse!

Lady Walters se laissait aller facilement à rapporter les confidences des femmes qui avaient séduit l'empereur des Français et qui ne se cachaient pas des faveurs et des cadeaux dont il les couvrait.

Parfois, Anastasia avait le sentiment que la vieille dame oubliait qu'elle était jeune et sans expérience et qu'elle s'adressait à elle comme à une femme de son âge. « Vous rappelez-vous ceci, vous souvenez-vous de cela ? » lui demandait-elle souvent.

Elle se mettait alors à raconter des histoires sans fin où se mêlaient scandales, intrigues et passions amoureuses, à la jeune fille qui l'écoutait ébahie.

« Le roi Maximilien n'est pas français, se disait-elle. Mais s'il admire tant la France, ses femmes et son art de vivre, je suppose qu'il lui sera tout naturel de modeler sa conduite sur celle de l'empereur en ce qui concerne les affaires de cœur. »

Elle entrevoyait là une bonne explication au comportement du vicomte.

Ne serait-il pas plus sage de fuir avec lui, comme il le lui avait suggéré, plutôt que de risquer de se retrouver seule dans un pays étranger, mariée à un homme qui aurait l'esprit occupé par quelque mystérieuse Française aux cheveux noirs?

– Imaginez, Anastasia comme ce sera merveilleux pour vous d'être reine! disait la grande duchesse. Je suis sûre que Maurona est un pays magnifique. Le climat y est, dit-on, exquis. Vous y arriverez juste pour voir éclore les fleurs du printemps, mûrir les oranges et les citrons et fleurir le mimosa...

– Le mariage aura lieu d'ici un mois? demanda Anastasia

– Je ne vous ai peut-être pas tout dit, répondit évasivement la grande duchesse, mais la reine insiste pour qu'on ne perde pas de temps. Il est vrai que si l'armée française se décidait à envahir Maurona, le roi ne pourrait pas l'arrêter...

Anastasia fut alors convaincue de l'exactitude des prévisions du vicomte.

Ce n'était pas seulement le sort de Nice et de la Savoie qui inquiétait le Conseil privé, mais aussi celui de Maurona. Voilà pourquoi le mariage devait avoir lieu si rapidement.

Voilà aussi pourquoi l'Angleterre avait déclaré nettement à la France : Maurona doit rester indépendant. Et cette indépendance serait garantie par l'arrivée d'une reine anglaise sur le trône.

« Je ne suis qu'une arme que l'on utilise au moment opportun, se dit Anastasia. On s'inquiète bien peu de mes sentiments et de mes désirs. Je ne suis qu'un atout dans le jeu diplomatique anglais, la bonne carte qu'on sort au dernier moment. »

Elle se rappelait soudain l'effervescence qui avait agité certains politiciens quand l'éventualité d'une invasion de l'Angleterre avait été évoquée.

Toute cette affaire était extravagante : les journaux, se faisant l'écho des alarmistes, s'étaient emparés d'une nouvelle à sensations. Lord Houghton n'avait-il pas déclaré :

« Les Aigles français s'envoleront de tous les clochers d'Eton vers Ealing, et de Ealing vers Harrow. »

« Je ne peux y croire! » avait pensé Anastasia.

Malgré l'enthousiasme des volontaires et les bruits de leurs manœuvres d'entraînement autour de Hampton Court Palace, l'invasion française était une réalité bien lointaine pour Anastasia.

Et voilà qu'aujourd'hui, sa vie était complètement bouleversée à cause des intentions belliqueuses de ce monarque français. Elle allait devenir reine, reine comme celle qu'elle venait de quitter.

Elle ne pouvait douter de l'amour que la reine Victoria portait à son époux. Anastasia avait encore en mémoire la façon dont Sa Majesté regardait le prince consort et se rangeait presque toujours à son avis en signe de son profond attachement.

« J'ai le choix, se disait Anastasia, entre fuir avec Christopher et provoquer un énorme scandale ou bien épouser le roi Maximilien que je ne connais pas, qui se moque de moi et dont les préférences vont non pas aux Anglais mais aux Français, nos ennemis! »

Comme elle allait faire part de ces dernières réflexions à sa mère, elle se ravisa, jugeant plus sage de ne rien dire.

Elle savait parfaitement que les jugements de sa mère n'étaient guidés que par son propre intérêt. Pour elle, il était évident que ce mariage, avec ou sans amour, était une occasion inespérée pour Anastasia de faire partie de la plus haute société.

« Christopher est amoureux de moi, mais je ne l'aime pas, pensait Anastasia. Il est possible que je ne plaise pas au roi... mais nous ne nous sommes pas encore rencontrés. Et comment puis-je préjuger de mes sentiments à son égard sans l'avoir vu? Mais alors, il sera trop tard... »

De quelque côté qu'elle se tournât, elle était prise au piège. Et personne ne pouvait l'aider.

La grande duchesse continua à parler pendant le reste du trajet, mais Anastasia n'écoutait plus, toute à ses sombres pensées.

Comme leur voiture arrivait devant le magnifique palais de brique rouge, et qu'elle passait la porte dite d'« Anne Boleyn », Anastasia songea avec un petit pincement au cœur que, désormais et quelle que soit sa décision, sa vie allait prendre un tour passionnant.

Après sa triste et morne existence de jeune fille, l'aventure commençait! Elle avait l'impression, plutôt grisante, de se trouver au sommet d'une montagne et de n'avoir le choix pour en redescendre qu'entre deux sauts, tous deux aussi périlleux.

« Je préfère n'importe quoi, se disait Anastasia, n'importe quoi et n'importe quel homme à cette vie confinée avec pour seules distractions d'interminables leçons et d'ennuyeuses conversations avec des personnes âgées qui n'attendent plus que la mort! »

– Eh bien, nous y voici; enfin de retour! s'exclama la grande duchesse. Et maintenant Anastasia, nous avons beaucoup à faire. Pour commencer, nous devons dresser la liste des achats indispensables et aller à Londres sans tarder.

Elle eut un bâillement de satisfaction.

– N'est-ce pas extraordinaire, ma chérie?

– Oh si, maman, c'est vraiment extraordinaire, répondit Anastasia, avec sincérité.

Puis, tout en entrant dans leur appartement, elle se demanda avec un léger sentiment de crainte si le palais de Maurona, où elle devrait vivre en compagnie d'un homme qui ne l'aimerait peut-être pas, ne serait pas une prison plus triste encore que Hampton Court Palace...

2

Dès qu'Anastasia eut déposé son manteau et son sac, tandis que le cocher portait les malles, elle disparut dans le salon. Elle voulait consulter les journaux qui se trouvaient dans la bibliothèque « Chippendale ».

Elle se souvenait d'un portrait du roi Maximilien qu'elle avait vu quelques semaines auparavant dans un numéro de « Illustrated London news ».

Après en avoir feuilleté une demi-douzaine, elle trouva enfin ce qu'elle cherchait. Sur toute une page, le roi était représenté en uniforme, avec toutes ses décorations et un cordon sur l'épaule.

Anastasia examina soigneusement le portrait, cherchant à définir l'effet qu'il provoquait sur elle. Il était difficile de savoir si le roi Maximilien était vraiment aussi impressionnant que l'artiste avait voulu le représenter... Il avait un front large, un nez droit, classique, et un menton volontaire. Ses yeux bruns regardaient au loin et Anastasia crut déceler de la sévérité dans l'expression de son visage.

Il lui parut intimidant et bien différent des hommes qu'elle avait rencontrés jusqu'ici. Bien que de type méditerranéen, on devinait qu'il n'était ni français ni espagnol.

« Ses traits, pensa Anastasia, évoquent sûrement ses origines grecques et romaines. »

Elle s'était rappelé, tandis que sa mère parlait dans la voiture, que Maurona avait un long passé d'invasions et de conquêtes.

Les Grecs, qui étaient de grands voyageurs maritimes, avaient fait de Maurona une de leurs colonies; ils furent suivis par les Phéniciens qui, à l'apogée de leur puissance, étaient partout présents sur les côtes de la Méditerranée.

« Les Romains, pensa Anastasia, ont dû plus tard laisser un grand nombre d'édifices derrière eux. » Elle se rappelait vaguement avoir lu quelque part qu'un grand amphithéâtre romain venait d'être découvert à Maurona.

Mais tout cela, c'était le passé. Elle avait sous les yeux le roi Maximilien III qui occupait aujourd'hui le trône d'un pays que son père lui avait légué en pleine prospérité et dont les habitants manifestaient un patriotisme fervent. C'était tout ce qu'Anastasia savait de lui. En abaissant ses yeux sur la légende qui accompagnait le portrait, elle lut :

« Le roi Maximilien III de Maurona a été l'invité, à Paris, de l'empereur Napoléon III et de l'impératrice Eugénie. Sa Majesté est d'ailleurs l'un des hôtes les plus fidèles de la capitale française.

Ici encore, l'accent était mis sur le point sensible : l'attachement du roi Maximilien à la France.

Elle referma le journal et le remit à sa place. Elle n'avait pas envie de montrer ce portrait à sa mère. Elle désirait seulement mieux connaître cet homme.

Elle se souvint alors que le vicomte Lyncombe devait venir dans la soirée.

Anastasia quitta le salon sur la pointe des pieds, et s'arrêta dans le couloir, au pied de l'étroit escalier. Elle entendit sa mère parler à l'étage avec la vieille servante qui était à leur service, et supposa qu'elles devaient défaire ensemble les bagages.

Elle ouvrit très doucement la porte d'entrée et se glissa dehors.

Les briques rouges de Hampton Court Palace brillaient comme des joyaux sous le soleil d'hiver. L'air était glacial. Plus tard, lorsque le soleil se serait couché, il ferait encore plus froid, mais pour l'instant, une sorte d'excitation lui faisait oublier la rigueur de la température et la fatigue du voyage.

Elle suivit le « Broad Walk » et se dirigea vers la porte qui menait aux appartements de lady Walters. Elle ne s'était même pas demandé si sa visite serait bienvenue car elle savait que la vieille dame était toujours ravie de la recevoir. De plus, elle mourait sûrement d'envie d'avoir des détails sur la réception de Noël au château de Windsor.

Anastasia fut introduite dans l'appartement par un serviteur si âgé que même sa livrée dissimulait mal sa maigreur squelettique. Mais ses boutons gravés, qui avaient vu autrefois les intérieurs des ambassades, brillaient de tout leur éclat, et le vieux serviteur précéda Anastasia vers le salon avec un large sourire sur son visage ridé.

– Son Altesse Royale, m'lady! annonça-t-il de la voix de stentor d'un homme atteint de surdité.

Ce qui ne semblait qu'une boule de châles près de la cheminée s'anima soudain et une voix tremblante demanda :

– Qui? Qui avez-vous dit?

Lady Walters vit alors Anastasia.

– Ah, c'est vous, ma chérie! s'exclama-t-elle. Vous êtes de retour! Je me disais justement ce matin que vous rentreriez probablement aujourd'hui. Comme je suis heureuse de vous voir!

Anastasia approcha un fauteuil. Lady Walters était emmitouflée dans plusieurs châles de laine, et une couverture toute rapiécée était posée sur ses jambes.

Malgré cela, on lisait sur son visage qu'elle avait encore froid et la main arthritique qu'elle tendit à Anastasia était glacée.

– Comment vous sentez-vous, madame? s'informa Anastasia.

– Très vieille, répondit lady Walters. Mais parlons plutôt de vous! Vous êtes-vous bien amusée au château et Sa Petite Majesté ressemble-t-elle toujours à un pigeon qui se rengorge?

Anastasia se mit à rire. Parce qu'elle savait ce que la vieille dame attendait, elle commença à faire le récit des festivités. Elle laissa croire à son interlocutrice que tout avait été très agréable et très gai. Lady Walters, sa perruque rousse un peu de biais, écoutait sans bouger.

Elle n'était pas aussi sourde qu'on aurait pu le croire étant donné son grand âge, mais Anastasia savait qu'elle n'hésitait pas à se servir de cette surdité supposée lorsqu'une conversation l'ennuyait.

Pour le moment, la vieille dame était bien décidée à ne pas perdre un seul mot de ce qu'Anastasia lui racontait de sa voix douce et musicale.

Une fois son récit terminé, la jeune fille s'arrêta un instant puis reprit sur un ton tout à fait nouveau :

– J'ai quelque chose à vous dire.

– Oui? répondit lady Walters. Allez-vous m'apprendre que vous êtes tombée amoureuse du beau vicomte? Je m'y attendais!

– Non, je ne suis pas tombée amoureuse de lui, répondit Anastasia.

– Mais il aimerait bien, n'est-ce pas? dit lady Walters avec un petit rire.

Anastasia ne répondit pas et la vieille dame continua :

– On ne le laissera pas vous épouser. La reine ne favorise pas les mariages d'amour. Elle a même la réputation, en Europe, d'avoir la manie d'arranger les mariages de convenance. Elle ne tardera sans doute pas à vous trouver un mari!

– C'est déjà fait, dit Anastasia à voix basse.

– Vraiment? s'écria lady Walters. Qui a-t-elle choisi? Un des gouverneurs des Etats germaniques? Il y en a tellement! Mon mari ne pouvait jamais retenir leurs noms!

– Non, il n'est pas germanique, dit Anastasia.

– Mais qui alors, qui? demanda lady Walters.

– Le roi Maximilien.

– De Maurona! s'écria lady Walters. Je l'avais oublié celui-là! Eh bien, je pense qu'il vous conviendra. Vous aimerez Maurona. Nous y avons passé une semaine mon mari et moi lorsque nous allions de Marseille à Gibraltar.

Elle s'arrêta un instant, comme si elle plongeait dans ses souvenirs et essayait de se rappeler ce qui s'était passé...

– Le père du roi actuel était alors encore vivant, un homme séduisant mais très dur. Les réceptions au palais étaient mortellement ennuyeuses : personne ne devait parler, sauf quand le roi vous adressait la parole, et cela durait des heures!

– Connaissez-vous le souverain actuel?

– C'est un jeune homme agréable, qui connaît les bonnes manières. Il semble avoir été un peu mis à l'écart, ces derniers temps. On dit aussi qu'il a beaucoup changé au cours de ces cinq dernières années.

– Parlez-moi de lui! demanda Anastasia.

– Voulez-vous savoir la vérité, ou bien seulement ce qu'il vous sera agréable d'entendre?

– Vous me connaissez suffisamment, madame, pour savoir que j'attends de vous la vérité, répondit Anastasia.

Lady Walters eut un petit rire.

– C'est toujours ce que l'on dit... jusqu'au moment où il faut lui faire face! Il est vrai que vous allez avoir beaucoup à faire, si j'en crois ce que j'ai entendu dire.

Anastasia retint sa respiration.

– Croyez-vous que je serai à la hauteur?

– Pourquoi pas? répliqua lady Walters. Vous êtes assez jolie pour faire battre le cœur de n'importe quel homme! C'est primordial pour retenir un homme réputé insaisissable entre vos griffes!

Elle perçut l'expression d'étonnement d'Anastasia et reprit :

– Il est inutile de me regarder avec ces yeux-là, ma petite fille. Toutes les femmes considèrent leur époux comme une proie! Et il n'y a pas d'exception...

– Et cela est-il aussi... vrai... lorsque le mariage est... arrangé à l'avance? dit Anastasia d'une voix hésitante.

– Comment cela pourrait-il en être autrement, même s'il s'agit de rois et de reines? demanda lady Walters. Un roi est un être humain et vous êtes si humaine, mon enfant, à la différence de tant d'altesses royales, si prétentieuses et si arrogantes qu'elles se comportent comme si elles appartenaient à une autre race!

Elle eut à nouveau un petit rire malicieux et continua :

– Mon mari disait : « Elles se mettent à saigner dès qu'elles sont piquées, et elles se mouchent toutes lorsque l'une d'elles a attrapé un rhume! »

Anastasia fut prise d'un rire inextinguible.

– Je savais que cette perspective me paraîtrait moins effrayante si je venais en parler avec vous, dit-elle.

– Effrayante? Il n'y a rien qui puisse vous effrayer dans cette union, reprit lady Walters. Vous allez devenir reine, c'est déjà une grande chose en soi. Mais, de plus, cela assurera votre sécurité matérielle.

– Parlez-moi encore du roi Maximilien, pria Anastasia.

– En fait, c'est une étrange coïncidence, répondit lady Walters, je parlais de lui voilà à peine un mois avec un ami de mon mari qui revenait juste de Paris.

– S'y trouvait-il en même temps que le roi Maximilien? demanda Anastasia.

– Justement. Il m'a parlé des femmes qui font sensation dans la « ville des plaisirs ». Elles me paraissent, pour la plupart, de bien vulgaires créatures, mais avec un empereur qui se comporte avec elles comme un enfant abandonné dans une confiserie, que peuvent faire les autres hommes si ce n'est suivre son exemple !

– Parlez-moi de ces... femmes.

– Croyez-vous que votre mère approuverait cette conversation ?

– Il est fort peu probable que ma mère se doute des propos que nous tenons ici.

– Je l'espère, dit lady Walters. Je me demande même si la grande duchesse connaît l'existence de ces « grandes cocottes ».

Elle fit une pause, puis levant les yeux vers le visage empreint de gravité d'Anastasia, elle reprit :

– Les courtisanes, mon enfant, ont de tous temps existé. En fait, comme un évêque du Moyen Age le disait : « Toutes les villes ont besoin d'un égout ! » Mais d'après ce que j'en sais, les courtisanes que l'on trouve à Paris occupent une place dans la société fort différente de celle qui était la leur auparavant.

– Et pour quelle raison ? demanda Anastasia.

Lady Walters se mit à réfléchir :

– Je crois que cela varie avec l'importance que les hommes donnent à leur image de marque, répondit-elle lentement.

Après un instant, elle continua :

– En Angleterre, c'est par les chevaux qu'il possède qu'un homme manifeste sa puissance, son goût et son expérience. En France, c'est par le choix de sa maîtresse.

– Comme tout cela est... étrange, murmura Anastasia.

– Cela tourne à la folie, reprit lady Walters. De grandes fortunes sont ainsi déposées aux pieds de ces femmes vulgaires. Elles se pavanent au bois et à l'opéra avec une désinvolture que l'on jugerait révoltante dans toute autre capitale.

– Pourquoi pas à Paris, alors?

– C'est que l'empereur lui-même encourage cette attitude, répondit lady Walters. On dit, en effet, qu'il est incapable de résister à une jolie femme et que toutes les courtisanes ont pour ambition d'attirer ses regards.

– Et celles qui y parviennent, l'aiment-elles? demanda Anastasia.

– De l'amour! s'exclama lady Walters, le mot n'a pas de sens lorsqu'il s'agit des « cocottes »! Tout le monde sait que la plus célèbre d'entre elles, la « Païva », n'aime qu'une chose au monde : l'argent!

» Elle déteste les hommes, les enfants et les animaux, sauf quand ils lui procurent de l'argent. Eh bien, en dépit de cela, les fortunes qui sont dépensées pour elle dépassent le budget de la défense!

Anastasia écoutait d'un air incrédule.

Lady Walters continua :

– Elle possède des bijoux dont la valeur est estimée à deux millions de francs. On m'a dit que la maison que lui fait construire son protecteur actuel, sur les Champs-Elysées, coûtera un million et demi.

– Cela est-il possible? s'écria Anastasia au comble de la surprise.

– Pourquoi pas? Mon ami m'a raconté que Cora Pearl, qui est née dans les bidonvilles de Plymouth, est si séduisante qu'un Irlandais a dépensé 80000 livres pour elle en moins d'une semaine!

– Je n'arrive pas à y croire! s'exclama Anastasia. Les hommes qui dépensent de telles sommes ont-ils vraiment le sentiment... que cela en vaut la peine?

Lady Walters se mit à rire.

– Leurs amis les envient, et ils y trouvent une certaine compensation.

Anastasia resta silencieuse, abasourdie par ce qu'elle venait d'entendre. Lady Walters poursuivit :

– Les hommes de la haute société qui offrent leur

protection à de telles créatures ont bien sûr, à leurs yeux, plus de prestige que les autres. Ils n'en doivent cependant pas moins les couvrir de colliers de perles, de diamants, ou, dans le cas du prince Napoléon, leur offrir une maison dans un quartier chic de Paris, un château à la campagne... et que sais-je encore!

Anastasia prit une longue inspiration.

– C'est difficile à... croire.

– C'est cette vérité que vous sollicitiez pourtant, dit lady Walters, puisque vous vouliez savoir si le roi Maximilien, une fois marié, ne trouverait pas Paris et ses « grandes courtisanes » plus attrayant que Maurona et son épouse anglaise!

– C'est évidemment une question... qui me... préoccupe, admit Anastasia.

– La réponse dépend en fait entièrement de vous, remarqua lady Walters pensive.

– Que voulez-vous dire? demanda Anastasia.

– Une femme intelligente réussit toujours à garder son époux auprès d'elle. Regardez la reine! Croyez-vous que ce fier prince germanique ait la moindre chance de lui échapper?

– C'est différent, dit Anastasia. Tout le monde sait que le prince Albert était très amoureux de la reine lorsqu'ils se sont mariés.

Lady Walters sursauta :

– Amoureux! Qui ne serait pas amoureux lorsqu'il s'agit de s'unir à l'Angleterre, même lorsqu'il faut pour cela tenir dans ses bras une petite créature boulotte, éduquée par une mère dominatrice et maussade de surcroît!

– Je suis sûre qu'ils sont très heureux ensemble, insista Anastasia.

– Comme vous-même pourrez l'être, mon enfant, si vous suivez le bon chemin.

– Mais quel est le bon chemin?

– Faire en sorte qu'il tombe amoureux de vous, dit lady Walters. Une fois qu'un homme est amoureux, il devient malléable comme de la cire entre les mains d'une femme. Et cela ne devrait pas vous être difficile !

Anastasia poussa un léger soupir.

Elle ne pouvait s'empêcher de penser que les femmes qui séduisaient le roi Maximilien devaient être bien plus spirituelles qu'elle ne l'était. Elle n'osait cependant pas importuner davantage lady Walters par des questions indiscrètes.

Elle avait été tellement impatiente d'apprendre des détails sur la vie du roi qu'il lui semblait maintenant que, par son bavardage excessif, lady Walters avait anéanti toute sa curiosité.

Elle ressentait une certaine gêne à écouter lady Walters parler des courtisanes, et ne désirait pas en savoir plus sur ces femmes extravagantes au pied desquelles les hommes déposaient leur fortune.

Elle se disait cependant que les souverains devaient avoir d'autres préoccupations. Peut-être que le roi Maximilien, lorsqu'il n'était pas à Paris, avait pour souci premier de bien gouverner son pays.

« Je dois m'efforcer d'en savoir le plus possible sur Maurona », se dit Anastasia.

En rentrant chez elle, elle décida qu'elle devait accepter la décision que la reine avait prise pour elle.

Il faudrait maintenant convaincre le vicomte...

Anastasia voulait le voir en tête à tête. Aussi, lorsqu'elle entendit sa voiture arriver, une demi-heure après son retour, elle alla elle-même lui ouvrir la porte.

Sa mère était toujours occupée à l'étage. Les valises étaient défaites, mais elle dressait maintenant la liste de toutes les toilettes qui devaient composer le trousseau.

Le vicomte avait conduit lui-même sa voiture depuis Londres. Quand il descendit et tendit les rênes à son valet il aperçut Anastasia qui l'attendait sur le seuil de la porte.

Avant qu'il ne puisse dire un mot, elle posa son doigt sur ses lèvres et murmura :

– Entrez doucement. Maman est en haut et je ne veux pas qu'elle sache que vous êtes ici.

Ils traversèrent le couloir sans bruit et la jeune fille referma la porte du salon derrière eux.

Le vicomte traversa la pièce et se dirigea vers la cheminée dans laquelle brûlait un bon feu.

Il était habillé avec élégance et Anastasia pensa, en le regardant, qu'il était tout à fait séduisant. Il n'était pas vraiment beau, mais il avait un charme indiscutable.

– J'ai un plan pour notre évasion, Anastasia, lui dit le vicomte alors qu'elle s'approchait de lui.

– J'ai réfléchi de mon côté, Christopher, répondit-elle. Il m'est impossible de m'enfuir avec vous.

– Pourquoi dites-vous cela avant même de savoir où je vous emmènerais ? demanda-t-il.

– Tout d'abord, vous ne pouvez quitter l'Angleterre, répondit Anastasia. Vous êtes fils unique, Christopher. Votre devoir est de prendre la succession de votre père, non seulement son titre mais aussi sa position à la Cour.

– Ce n'est qu'un prétexte pour me repousser, dit le vicomte sèchement.

– Je dois... me plier... aux désirs de la reine et de ma mère, dit Anastasia.

– C'est parce que vous le voulez bien ! l'accusa amèrement le vicomte. Comme toutes les femmes, vous rêvez de devenir reine un jour. Vous pensez qu'une couronne fera votre bonheur, mais cela n'est pas vrai, Anastasia, pas sans amour. Et si vous tombez amoureuse du roi Maximilien, il brisera votre cœur.

– Comment pouvez-vous en être si sûr ? demanda Anastasia.

– Parce que je le connais et que je vous connais. Vous êtes trop sensible et trop innocente pour satisfaire aux exigences d'un homme tel que lui.

– Mais en réalité, dit Anastasia, il lui est impossible d'épouser les femmes qu'il... fréquente à Paris.

– Qui vous a parlé de cela? demanda le vicomte.

– Lady Walters m'a parlé de l'extravagance de...

Anastasia ne put continuer.

Elle ne savait pas en quels termes évoquer ces femmes, si différentes d'elle-même.

– Lady Walters ferait mieux d'avoir d'autres conversations avec vous, dit le vicomte sévèrement. D'après ce que j'ai entendu dire, sa conduite n'a pas été des plus exemplaires dans sa jeunesse.

– Ah non? demanda Anastasia avec intérêt. Je m'étais toujours demandé comment elle avait pu connaître le... demi-monde.

– Il suffit d'avoir été à Paris, l'interrompit le vicomte.

– C'était donc vrai! s'exclama Anastasia. Tout ce qu'elle m'a raconté à propos des bijoux, des réceptions et de la manière dont l'empereur et le roi Maximilien courtisent ces femmes...

– S'ils le font, vous ne devriez rien en savoir, dit le vicomte avec colère. Les femmes de votre rang ne devraient pas parler de telles créatures. La grande duchesse serait furieuse si elle vous entendait rapporter de tels propos, surtout lorsqu'ils mettent en cause le roi.

– Ce sont pourtant ceux que vous m'avez tenus, répliqua Anastasia.

– C'est très différent, fit remarquer le vicomte.

» J'essayais alors de vous convaincre – et j'essaie encore – que vous seriez bien plus heureuse auprès de moi. Je vous aime Anastasia, et je suis prêt à jurer que vous ne regretterez jamais de vous être enfuie avec moi!

Il cherchait son regard mais elle avait détourné son visage car elle se sentait intimidée par ce ton passionné.

– Pour ne rien vous cacher, dit-elle à voix basse, je crois que si je vous aimais autant que vous prétendez m'aimer, je n'hésiterais pas à vous suivre et à en supporter les conséquences, mais... je ne vous aime pas.

– Mais pourquoi? demanda-t-il violemment.

Anastasia eut un geste de désespoir.

– Peut-être parce que nous nous sommes connus tout enfants. Je ne sais pas... J'ai beaucoup d'affection pour vous, et j'en aurai toujours, mais j'ai l'intime conviction que ce n'est pas de l'amour.

Elle essaya de sourire et reprit :

– C'est pourquoi je ne peux que refuser votre proposition même si je vous suis reconnaissante d'avoir tenté de me détourner d'un mariage que vous estimez voué à l'échec.

– Mais je ne vous laisserai pas vous perdre, affirma le vicomte avec force. Vous ne connaissez rien à l'amour, Anastasia, ni aux hommes! Je vous apprendrai à m'aimer.

Il s'avança vers elle tout en parlant et l'enlaça. Anastasia en fut si surprise qu'elle ne le repoussa pas tout de suite lorsqu'il chercha à l'embrasser.

– Non, Christopher, non!

– Je vous aime, Anastasia! Je vous veux!

Elle tourna son visage de telle sorte que les lèvres de Christopher ne rencontrèrent que sa joue, et juste à ce moment-là la porte s'ouvrit, et la grande duchesse fit son apparition.

Anastasia et le vicomte s'écartèrent l'un de l'autre. Mais l'expression que l'on pouvait lire sur le visage de la grande duchesse prouvait qu'elle avait assisté à toute la scène.

– Vous ne m'aviez pas prévenue, Anastasia, que nous avions un visiteur, dit-elle d'une voix glaciale.

– Je... j'allais justement venir vous le dire, maman, balbutia Anastasia, confuse.

La grande duchesse se tourna vers le vicomte.

– J'ai bien peur, Christopher, dit-elle d'un ton sec, que vous n'arriviez au mauvais moment. Anastasia et moi-même rentrons à l'instant de Windsor et nous avons beaucoup à faire.

– Je comprends, madame, dit le vicomte. Mais il fallait à tout prix que j'aie une conversation avec Anastasia.

– Je crains que ce ne soit guère opportun, répliqua la grande duchesse comme si Anastasia n'était pas présente. Comme vous l'apprendrez sûrement par votre père, Anastasia va se marier sous peu.

Le vicomte remua les lèvres, mais il ne dit rien et la grande duchesse continua :

– Vous comprendrez donc, Christopher, qu'elle n'a pas beaucoup de temps à consacrer, même à un ami aussi cher que vous.

Un instant le vicomte eut l'intention de répondre à la grande duchesse, mais leurs regards se croisèrent et il se ravisa.

– Je comprends, madame.

– Il ne vous reste plus qu'à vous dire adieu, dit la grande duchesse. Je suis sûre qu'Anastasia sera très reconnaissante à votre famille de sa gentillesse et de son hospitalité de toujours. Je suis certaine aussi, qu'elle sera toujours ravie de vous recevoir dans son pays d'adoption, si vous avez l'occasion d'y passer.

Le ton sévère et inflexible de la grande duchesse dissuada le vicomte et Anastasia de tenter de se défendre.

La jeune fille voyait bien que Lyncombe était bouleversé et blessé d'être ainsi éconduit. Mais elle ne pouvait rien faire pour adoucir son humiliation.

– Je me retire, madame, dit-il à sa mère. Je rentre à Londres.

– Vous savez aussi bien que moi que vous n'avez rien de mieux à faire, dit la grande duchesse.

Anastasia eut conscience que sa mère avait deviné le motif de la visite du vicomte.

Elle le regarda d'un air implorant, espérant qu'il comprendrait combien elle était désolée de ce qui arrivait et de la façon quelque peu cavalière avec laquelle il était traité.

Elle lui tendit la main et, à sa grande surprise, il la porta à ses lèvres.

– Au revoir, Anastasia, dit-il d'une voix incertaine.

Puis il se retourna brusquement et sortit.

La grande duchesse ne fit pas un geste. Elles restèrent toutes deux immobiles jusqu'à ce que la porte d'entrée se soit refermée et que la voiture fût partie.

– Comment avez-vous pu? dit Anastasia d'une voix sourde.

La grande duchesse traversa la pièce dans un grand bruit de soie froissée.

– Je n'ai pas l'intention de revenir là-dessus, Anastasia. Tout ce que je peux dire c'est que je suis extrêmement surprise de votre comportement. Je ne peux que me louer d'être arrivée à temps!

Elle quitta le salon, abandonnant Anastasia à son désarroi. La jeune fille se prit la tête dans les mains.

« Ai-je pris la bonne décision? se demanda-t-elle. N'aurais-je pas mieux fait de m'enfuir avec Christopher, même s'il m'offrait un avenir incertain? »

Les semaines suivantes, elle fut si occupée qu'elle n'eut plus le loisir de penser au vicomte.

Le choix de sa garde-robe exigeait d'innombrables déplacements à Londres. Toutes ces courses et tous ces essayages étaient une nouveauté pour elle. Elle reçut aussi la visite des membres les plus éminents de la haute société tout étonnée qu'on rende un tel hommage à une personne aussi peu importante qu'elle.

Le Premier ministre convia la grande duchesse avec Anastasia au 10, Downing Street; en revanche, lord John Russell, le secrétaire aux Affaires étrangères, se présenta en personne à Hampton Court Palace.

– Je n'ai pas besoin d'expliquer à Votre Altesse Royale, lui dit-il, toute la signification politique de ce mariage. Je suis sûr que votre mère a déjà dû vous en entretenir.

– Oui, elle m'a expliqué que l'équilibre des forces en Europe était lié à l'indépendance de Maurona, répondit Anastasia. Mais j'ai l'impression, monsieur, que d'autres raisons vous obligent à conclure ce mariage très rapidement.

Lord John Russell fixa Anastasia d'un regard pénétrant.

– Quels secrets avez-vous surpris? demanda-t-il avec un léger sourire.

– On m'a dit que vous craigniez que l'empereur n'annexe Nice et la Savoie.

– C'est la vérité, répondit le secrétaire aux Affaires étrangères. Mais c'est un secret!

– Vous pouvez compter sur ma discrétion, dit Anastasia.

– Votre Altesse Royale est très jeune, continua lord Russell. Ce n'est pas un handicap. Vous avez du charme, vous pouvez exercer une influence certaine sur le roi. Petit à petit, vous pourrez l'amener à ne point négliger ses sujets espagnols au profit de ceux d'origine française.

Anastasia parut surprise et il expliqua :

– Comme on le voit sur une carte, Maurona est divisé en deux parties par les Pyrénées. Bien que les Mauroniens soient très attachés à leurs origines – qui remontent à l'antiquité – ils ont subi continuellement l'influence de leurs deux grands voisins.

– Je comprends, dit Anastasia.

– Par conséquent, continua lord John, la population est aujourd'hui très divisée et la Couronne est le seul signe de ralliement.

Anastasia restait muette. Il continua :

– J'étais à Maurona l'année dernière et j'ai pu constater un certain malaise dans la partie espagnole du pays dont les habitants se sentent en état d'infériorité. Ils veulent être reconnus et, pour parler clairement, ils attendent une plus grande considération de la part du roi lui-même.

– Je vois, dit Anastasia calmement.

– Si vous pouviez vous efforcer de leur plaire, je crois que vous gagneriez le cœur d'un peuple qui, à mon avis, est un des plus chaleureux du monde, termina lord John.

Anastasia acquiesça d'un signe de tête et eut le sentiment que lord John Russell partait satisfait et rassuré.

Le Premier ministre ne trouva, lui, rien d'important à lui dire lorsqu'elle lui rendit visite.

Il y avait trop de monde pour qu'ils puissent avoir une conversation personnelle et Anastasia en conclut qu'il désirait seulement la connaître, pour être sûr qu'on ne se trompait pas sur ses qualités.

Lord Palmerston se montra charmant et très galant, et elle devina, en écoutant les compliments qu'il lui adressait, pourquoi ses amis le surnommaient « Cupidon ».

Il y avait tant à faire, tant à préparer qu'Anastasia fut surprise de constater qu'il ne lui restait plus que deux jours à passer en Angleterre avant de s'embarquer sur le navire de guerre qui devait la conduire à Maurona.

Elle avait l'impression d'attendre le moment de faire son entrée sur la scène du théâtre. Elle était l'héroïne, mais son rôle n'exigeait aucune interprétation particulière. Les hommes politiques les plus retors d'Angleterre avaient, eux-mêmes, écrit son texte, et conçu la mise en scène.

Les jours passaient et elle ne pouvait empêcher une certaine appréhension de monter en elle...

Il lui était en effet difficile de ne pas se sentir désemparée face à la responsabilité qui lui incombait et à l'espoir que le Premier ministre et son cabinet mettaient en elle pour sauver Maurona des convoitises de l'empereur français.

« Je n'en suis pas capable! aurait voulu s'écrier

Anastasia. Je suis trop inexpérimentée et trop jeune! Cela dépasse mes compétences et si j'échoue, comme cela semble inévitable, vous me le reprocherez! »

Mais elle savait que, même si on l'écoutait courtoisement, on jugerait qu'un tel éclat ne peut être dû qu'à un moment de faiblesse.

Elle eut vraiment conscience de n'être qu'une arme entre les mains des diplomates. Elle devait monter sur scène, réciter le texte qu'on lui avait appris, et faire les gestes que l'on attendait d'elle.

« J'ai perdu jusqu'à mon identité », avait songé plusieurs fois Anastasia en s'endormant.

Quand elle se sentait trop seule, elle se mettait à relire les lettres que le vicomte lui envoyait presque chaque jour et qu'elle avait cachées sous son oreiller.

Elle avait recommandé à la vieille servante de les lui monter directement pour que sa mère ne les voie pas. Il s'agissait de lettres d'amour passionnées, et elle était étonnée que l'auteur en soit le vicomte, le jeune homme taquin qu'elle connaissait depuis toujours et qui se moquait d'elle à propos de ses piqûres de moustiques.

« Je vous aime, Anastasia! répétait sans cesse Christopher. Je vous aime! Venez avec moi, j'ai tant besoin de vous tenir dans mes bras et de vous embrasser! Je veux allumer le feu que je sens au fond de vous et je vous obligerai à m'aimer autant que je vous aime!

» Nous serons heureux n'importe où du moment que nous sommes ensemble. Je veux vous emmener aux Indes, nous visiterons la Chine, le Japon, nous pourrons aussi passer par la Russie avant de revenir en Europe! Tout serait tellement beau si nous partions... Je jure que si vous me faites confiance, je vous rendrai heureuse. »

Elle avait reçu déjà une douzaine de lettres comme celle-là. Elle en était touchée car elle savait que Christopher souffrait. Il avait été tellement mêlé à son existence jusqu'à aujourd'hui qu'elle finissait par se demander si elle ne l'aimait pas...

Elle s'interrogeait sur ce qu'elle aurait ressenti s'il l'avait réellement embrassée avant que sa mère ne les surprenne dans le salon.

Anastasia n'avait jamais reçu de baiser, mais elle avait souvent imaginé la sensation extraordinaire qu'elle ressentirait au contact des lèvres d'un homme qui éveillerait en elle un plaisir semblable à celui que décrivaient les livres et les poèmes.

Pourtant, lorsque Christopher avait tenté de l'embrasser, elle l'avait instinctivement repoussé par manque de désir réel.

Pourquoi? Pourquoi?

Quelque chose au plus profond d'elle-même lui disait que l'affection qu'elle portait à Christopher ne se transformerait jamais en amour.

Elle reconnaissait qu'il était séduisant et que beaucoup de femmes, à sa place, n'auraient pas résisté à son charme. Pourtant, même lorsqu'il était tout près d'elle, elle n'était pas émue.

Elle avait dansé avec lui, lui avait pris la main, s'était même retrouvée un moment dans ses bras, mais rien ne s'était passé en elle.

« Peut-être suis-je complètement insensible! » se dit alors Anastasia.

Lady Walters se moquait souvent des femmes frigides. « Elle a autant de plaisir qu'un poisson! » avait-elle dit un jour d'une femme qu'elle n'aimait pas. Et elle avait ajouté : « C'est un bloc de marbre froid. »

Comme ces pensées l'inquiétaient, Anastasia essaya d'avoir une conversation avec sa mère.

– Quels étaient vos sentiments, maman, lorsque vous vous êtes fiancée à papa?

– J'étais très heureuse, Anastasia.

– Mais vous n'étiez pas amoureuse de lui, n'est-ce pas? C'était un mariage de convenance et vous ne saviez même pas si lui était amoureux de vous.

– Votre père était très beau, dit la grande duchesse.

Je crois que j'en suis tombée amoureuse au premier regard. Mais j'étais très timide et il nous a fallu du temps pour apprendre à nous connaître. Ensuite, comme je vous l'ai dit souvent, nous avons été parfaitement heureux ensemble.

– Et éprouviez-vous du désir pour papa? osa demander Anastasia.

La grande duchesse resta silencieuse pendant un moment avant d'ajouter :

– Je ne sais pas qui vous a parlé de la sorte, Anastasia, mais une lady doit toujours rester réservée et pudique. Son époux n'attend pas autre chose de sa part et votre question le choquerait!

– Mais cela n'est-il pas... ennuyeux, maman?

– Bien sûr que non! affirma la grande duchesse. Lorsqu'on a reçu une certaine éducation, Anastasia, et particulièrement lorsqu'on va occuper votre position, on ne doit jamais se laisser emporter par ses émotions. Vous savez aussi bien que moi qu'un manque de retenue, surtout en public, serait une bévue impardonnable!

– Je ne parlais pas de ce que l'on peut faire... en public, maman.

– C'est la même chose dans la vie privée. Un homme veut pouvoir rendre hommage à sa femme et la respecter. Un roi n'apprécierait certainement pas que son épouse agisse comme une créature vulgaire!

– Est-ce une chose commune que de tomber amoureuse, maman?

La grande duchesse semblait chercher ses mots et répondre avec prudence.

– Je pense, Anastasia, que vous êtes suffisamment intelligente pour vous être rendu compte que l'amour romantique et passionné tel qu'on le décrit dans les livres n'est qu'une illusion. Je crois qu'il est préférable d'avoir de l'amitié, de l'admiration et une affection sincère pour l'homme dont on partage la vie... C'est bien plus important que de rechercher des sensations qui n'ont aucune réalité tangible.

Il y eut un long silence, entre la mère et la fille, puis Anastasia demanda à voix très basse :

– Pouvez-vous me dire, maman, comment un homme et une femme... font... l'amour?

La grande duchesse se raidit.

– C'est quelque chose que votre mari vous expliquera, Anastasia, répondit-elle sèchement après un moment d'hésitation. Il vous suffit de savoir qu'après le mariage, tout ce qui se passe entre un homme et une femme a la bénédiction de Dieu. En aucun cas, on ne doit en parler.

Tout en disant cela, elle se leva et quitta la pièce. Anastasia la suivit du regard, consternée. De nouveau, elle pensa avec désespoir qu'elle aurait peut-être mieux fait d'accepter la proposition du vicomte...

3

– Bonjour, Votre Altesse Royale.

Anastasia ouvrit les yeux et vit Olivia, la femme de chambre qui avait été envoyée de Maurona pour veiller sur elle, lui faire la révérence dans l'encadrement de la porte de la cabine.

Elle aurait paru tout à fait digne si elle n'avait dû se cramponner à la porte. Le bateau, en effet, tanguait depuis qu'il avait quitté la Manche pour la baie de Biscaye. En fait, la tempête s'était accrue de jour en jour et, bien que ce navire de guerre lui ait paru solide, Anastasia se demandait s'il n'allait pas chavirer.

Les autres voyageurs s'étaient retirés dans leur cabine.

Lors du départ de Tilbury, auquel assistaient lord John Russell et quelques autres dignitaires du royaume, Anastasia avait fait de son mieux. La grande duchesse avait beaucoup de classe lorsqu'elle était descendue, enveloppée de fourrures, de la voiture royale qui les avait amenées de Hampton Court Palace.

Elle avait remercié ceux qui étaient venus leur souhaiter un excellent voyage, sur le ton à la fois bienveillant et condescendant qu'elle avait acquis lorsqu'elle remplissait son rôle de grande duchesse de Hohlenstein.

Quant à Anastasia, elle était trop excitée par ce départ pour se soucier de l'impression qu'elle pouvait produire. Mais elle avait été intimidée de voir ces personnages importants venir lui souhaiter bonne chance pour ce voyage, qui allait changer le cours de sa vie. Le navire de guerre « H.M.S. Warrior » était d'ailleurs très impressionnant.

Anastasia avait appris que c'était une réplique britannique du « La Gloire », un vaisseau français et le plus grand bâtiment en service dans le monde.

Alors qu'elle l'observait du quai, le ministre de la Marine s'était approché d'elle pour lui faire remarquer :

– C'est le premier voyage du « Warrior » et j'espère qu'il sera agréable à Votre Altesse Royale de faire la traversée à son bord.

– C'est un cuirassé, je crois? avait dit Anastasia, désireuse de lui montrer qu'elle n'ignorait pas que ce bateau était exceptionnel.

– Très juste, avait répondu le ministre, et le poids de son blindage seul atteint 1350 tonnes.

Il se mit à sourire en pensant qu'il tenait des propos trop techniques, puis reprit :

– Pendant la guerre de Crimée on a éprouvé l'efficacité des blindages et celle des obus.

– J'ai lu quels dégâts pouvaient occasionner les bombardements sur les vaisseaux en bois non blindés, avait remarqué Anastasia intéressée.

– Malheureusement, les Français ont été plus rapides que nous! dit le ministre. Comme vous le savez sûrement, le premier cuirassé, « La Gloire », fut mis à flot l'année dernière.

– Je suis désolée que nous n'ayons pas été les premiers, avait remarqué Anastasia.

– Mais le « Warrior » est plus performant que son rival, avait ajouté fièrement le ministre. Et nous avons deux autres vaisseaux du même modèle actuellement en construction.

– Il est très imposant, avait poursuivi Anastasia.

– Son poids total atteint 8900 tonnes, expliqua encore le ministre, c'est-à-dire à peu près trois fois celui des bateaux en bois qu'il a remplacés.

– Je suis très honorée d'être la première passagère du « Warrior »!

Anastasia avait souri en parlant et perçu dans le regard du ministre une lueur d'admiration.

La foule assemblée sur le quai acclama Anastasia lorsqu'elle monta à bord. Elle était toute de rose vêtue, avec une veste bordée de fourrure et un chapeau orné de plumes d'autruche qui lui donnait un charme romantique.

« Bonne chance! Soyez heureuse! » avait crié la foule.

Comme elle se dirigeait vers l'appartement, une petite branche de bruyère cendrée et un carton en forme de fer à cheval avaient été jetés à ses pieds.

A sa mère et à sir Frederick Falkland, l'ambassadeur d'Angleterre à Maurona, qui l'accompagnaient, étaient venus se joindre la baronne Benasque qui allait devenir sa dame d'honneur et le capitaine Carlos Aznar, aide de camp du Roi.

Dans l'escorte venue de Maurona, il y avait Olivia la femme de chambre qui devait prendre soin d'Anastasia durant le voyage. Elle était fière de dire qu'elle avait été choisie pour remplir cette fonction parce qu'elle était issue d'une famille de marins et qu'elle n'avait jamais eu le mal de mer.

Ce fut une chance! Car la grande duchesse et sir Frederick ne furent plus visibles dès que le bateau eut quitté le port. La baronne, après avoir lutté pendant deux jours, le visage défait, contre le mal de mer, avait finalement capitulé en s'enfermant dans sa cabine, elle aussi.

– La tempête est-elle encore plus forte? demanda Anastasia pendant qu'Olivia ouvrait les rideaux des hublots.

– La mer est toujours déchaînée, Votre Altesse Royale, répondit Olivia et le capitaine vous fait dire qu'il serait plus sage de ne pas quitter votre cabine. Il ne veut pas que vous vous cassiez une jambe.

– Il faut pourtant que je me lève, dit Anastasia d'un ton décidé. Je dois aller à mes leçons. Je veux pouvoir parler à mes nouveaux sujets dès que je débarquerai dans votre pays.

– Votre Altesse Royale a fait de grands progrès, répondit Olivia, vous devez avoir un don naturel pour les langues.

Anastasia eut un sourire de satisfaction.

Elle s'était rendu compte que le mauronien n'était pas aussi difficile à apprendre qu'elle l'avait craint. C'était, en fait, un mélange de français et d'espagnol, encore proche du latin, et comme elle connaissait ces trois langues, le mauronien lui sembla presque familier. Il faut ajouter qu'elle s'était mise à l'étudier avec un enthousiasme et une volonté extraordinaires. Elle conversait avec Olivia et de plus elle avait demandé au capitaine Carlos Aznar, qui était le seul autre Mauronien à l'accompagner, de lui donner des leçons qui occupaient pratiquement toutes ses journées.

– Je vous fatigue, madame, avait-il affirmé à plusieurs reprises

– Je me moque d'être fatiguée, répondait Anastasia, je veux absolument pouvoir parler le mauronien lorsque nous arriverons!

– Je ne sais comment vous dire, madame, combien votre désir est flatteur pour nous, avait-il remarqué.

Il y avait dans sa voix une véritable admiration pour la jeune fille. Après cinq jours de mer, Anastasia fut convaincue que le capitaine était amoureux d'elle.

Elle reconnaissait dans l'expression de son regard et

dans son ton ce qu'elle avait déjà remarqué chez le vicomte et elle éprouvait un vif sentiment de réconfort à voir qu'un Mauronien, au moins, la trouvait belle et désirable.

Il lui aurait été impossible, en temps ordinaire, de passer tant d'heures en tête à tête avec un jeune homme séduisant, dont la seule fonction, clairement définie, était de l'escorter.

C'était plutôt le rôle de la baronne d'instruire Anastasia sur tout ce qu'elle désirait savoir sur son nouveau pays et sur ce qui l'attendait à son arrivée.

Le capitaine était tellement ému qu'il ne pouvait répondre aux questions que lui posait sa royale élève.

– Parlez-moi de votre capitale? suggéra-t-elle.

– Sergei se trouve du côté français des Pyrénées, répondit-il, juste sur le versant. C'est aussi un port, le plus important du pays.

– Décrivez-moi le palais! demanda Anastasia.

– A l'origine, c'était un château et une partie de ce qui était l'ancien palais date d'un siècle environ, répondit-il. Il y a à peu près cinquante ans, le grand-père de Sa Majesté a fait construire un nouveau palais sur le site d'origine. Il est très impressionnant. Il rappelle le château de Versailles.

– Encore la France! fit remarquer Anastasia sans même réfléchir.

Elle vit le visage du capitaine Aznar s'assombrir lorsqu'il répondit :

– Il y a un autre palais à Huesca, de l'autre côté des Pyrénées, qui ressemble à l'Alhambra de Madrid.

– Et Sa Majesté y va-t-elle souvent? demanda Anastasia.

– Non, il le délaisse depuis des années... répondit le capitaine.

Elle touchait là, elle en était sûre, le cœur du problème. On lui avait dit que la famille du capitaine Aznar était d'origine espagnole et qu'il était passionnément dévoué au sud des Pyrénées. « Ce n'est sûrement pas un hasard! pensa-t-elle. Si la baronne est française de conviction, le capitaine Aznar, lui, est espagnol. »

On avait voulu composer sa suite de manière impartiale. Elle avait aussi appris qu'Olivia venait de Sergei et qu'elle travaillait depuis plusieurs années au palais, mais qu'elle était, en fait, une Mauronienne espagnole, comme sa peau mate et ses cheveux bruns le laissaient penser.

Tout en aidant Anastasia à s'habiller, elle lui parlait de la beauté de son pays, mais il était évident qu'elle ne pensait qu'aux provinces du sud, là où l'on pouvait voir des champs d'oliviers, comme de l'autre côté de la frontière, en Espagne.

– J'aurai besoin de votre aide, Olivia, dit soudain Anastasia à sa femme de chambre tandis qu'elle la coiffait.

– Vous pouvez être sûre que je ferai tout ce que Votre Altesse Royale me demandera, répondit Olivia d'un ton chaleureux.

– Quand nous serons à Sergei, je voudrais que vous me teniez au courant de ce que l'on dit de moi, demanda Anastasia.

Elle perçut une expression de surprise sur le visage de sa femme de chambre.

– C'est très difficile de connaître la vérité lorsqu'on est entourée de courtisans qui ne vous tiennent que les propos que vous voulez entendre et de gens qui ne cherchent qu'à vous faire plaisir... Je veux pouvoir compter sur vous, Olivia, pour me dire ce que je dois savoir. C'est le seul moyen que j'aie de pouvoir aider votre peuple!

– Votre Altesse Royale a-t-elle l'intention de nous aider? demanda Olivia étonnée.

– De tout mon cœur, répondit Anastasia avec un accent de sincérité qui ne trompait pas.

Elle vit Olivia chercher ses mots pour répondre :

– Votre Altesse Royale est une femme extraordinaire! Je suis très heureuse d'avoir le privilège de la servir.

Anastasia n'ajouta rien sur le moment, mais elle était bien décidée à gagner la confiance d'Olivia. « Je vais être une étrangère dans un pays inconnu, se rappelait-elle, il me faut donc un soutien. »

Elle connaissait suffisamment les palais pour savoir qu'on y vivait retranché du reste du monde.

La plupart de ceux qui gouvernent n'ont que de rares contacts avec leurs sujets, préservés dans le cocon artificiel que file le personnel à leur service et qui les protège contre tout ce qui pourrait les heurter. « Si je ne sais jamais ce qui se trame autour de moi, pensa Anastasia, je ne pourrai pas empêcher la France d'envahir le pays. »

Tout était encore très flou dans son esprit. Elle se représentait mal comment elle pourrait agir, mais elle était déterminée à faire tout son possible pour ne pas avoir à revenir en Angleterre exilée et vaincue! Elle savait trop combien la grande duchesse avait souffert de sa situation de veuve, sans patrie, contrainte à vivre de la charité de sa famille.

« Je ne veux pas me retrouver dans la même situation », décida Anastasia.

Elle frissonna à l'idée que si un jour elle était obligée de quitter Maurona, le roi devrait quitter aussi son pays.

S'il lui était déjà difficile de s'imaginer un retour pitoyable en Angleterre, il lui était encore plus difficile d'envisager la compagnie d'un mari abattu et plein de rancœur.

Très souvent, quand on recevait des nouvelles du Hohlenstein, Anastasia avait entendu sa mère dire : « Je bénis Dieu que votre père ne soit pas le témoin de ces choses-là! » ou bien « Comme votre papa aurait souffert de ce que tout ce qu'il a fait a été oublié! »

« Je me battrai pour sauver Maurona! », se jurait chaque soir Anastasia en se couchant.

Elle était pourtant consciente de son insignifiance,

comme n'importe quelle jeune fille ignorant tout de la vie et jamais sortie d'Angleterre.

« Qu'est-ce que je sais? » s'était-elle demandé au moins une douzaine de fois. Et sa seule consolation était de penser qu'elle avait reçu une éducation plus approfondie que la plupart des jeunes filles de sa génération.

Elle considérait son apprentissage actuel sur la vie à Maurona comme un préambule à l'accomplissement de ses devoirs pour la sauvegarde de sa nouvelle patrie.

– Parlez-moi encore! Racontez-moi tout ce qui pourrait m'intéresser, dit-elle en retrouvant le capitaine Aznar qui l'attendait dans la cabine de l'amiral.

Elle était beaucoup plus confortable qu'Anastasia ne se l'était imaginée. Ils s'installèrent dans des fauteuils de velours fixés au sol, l'un en face de l'autre, autour d'une table. Anastasia ne put s'empêcher de remarquer une lueur d'admiration dans les yeux du capitaine.

– Je pensais qu'après une telle nuit, madame, dit-il, vous n'auriez pas le courage d'affronter les éléments dès le matin.

– La nuit dernière a-t-elle été pire que les précédentes? demanda Anastasia.

– Un des officiers vient juste de m'apprendre que la tempête est en train de s'apaiser, mais cette nuit, c'était vraiment terrible!

Anastasia eut un air embarrassé.

– J'ai presque honte d'avouer que j'ai dormi à poings fermés!

– Vous êtes étonnante, madame. Je ne pensais pas qu'une femme comme vous pouvait avoir autant de résistance.

– Je suis réellement heureuse de constater que j'ai le pied marin.

– Vous n'aviez jamais fait de voyage en mer, madame?

– Jamais, répondit Anastasia. Et comme je ne voulais pas manquer ma leçon, je me suis forcée à me lever.

– C'est presque incroyable, dit le capitaine Aznar émerveillé. Mais revenons à notre travail.

Il ouvrit le livre qu'il avait en face de lui et qui appartenait à la baronne.

Après avoir appris quelques nouveaux verbes, le capitaine et Anastasia trouvèrent plus simple et plus agréable de converser en mauronien.

– Je n'imaginais guère que l'on puisse apprendre notre langue aussi rapidement, madame, dit le capitaine Aznar après presque une heure de cet exercice.

– C'est une fort belle langue, répondit la jeune fille. J'aimerais aussi que vous m'en appreniez davantage sur votre pays. Il doit être magnifique!

Après avoir écouté le capitaine Aznar pendant un bon moment, Anastasia demanda d'un ton hésitant :

– P... Puis-je avoir... confiance en vous, capitaine?

L'aide de camp ouvrit des yeux étonnés, puis répondit :

– Je serais très peiné, madame, que vous pensiez le contraire.

– Je vous fais donc confiance, répondit Anastasia. Mais je voudrais que vous me disiez franchement, en oubliant ma position future, comment je peux servir la cause de Maurona?...

Le capitaine garda le silence pendant un moment puis suggéra :

– Vous parlez, madame, comme si vous étiez déjà au courant de nos difficultés?

– On m'a dit qu'il y avait des troubles dans le sud du pays, répondit Anastasia. La population ne se sent pas considérée à l'égal de celle qui... disons... est plus marquée par l'influence de ses voisins français.

Le capitaine Aznar sembla tout d'abord chercher ses mots avec prudence, mais en fait il se mit à parler rapidement avec une conviction qui prouvait bien à

Anastasia qu'il se sentait personnellement concerné par le problème.

Il lui expliqua que les postes de responsabilité les plus importants étaient toujours attribués à ceux qui avaient des sympathies françaises, que l'on favorisait plus le développement du nord du pays que celui du sud. En particulier, les concessions commerciales étaient octroyées en priorité aux Mauroniens d'origine française.

– Il y a mieux! continua le capitaine Aznar. La noblesse et les classes dirigeantes utilisent généralement le français, ce qui fait que notre propre langue disparaît progressivement!

Anastasia était tout à fait capable de mesurer l'importance d'un tel phénomène.

– Le Premier ministre défend passionnément l'indépendance de Maurona, continua le capitaine Aznar, mais la plupart de ses collègues seraient favorables à son rattachement à la France.

Il s'arrêta puis ajouta avec force :

– De mon point de vue, comme de celui d'un grand nombre de mes compatriotes, ce serait un désastre complet.

– Quelle est la position de l'armée? demanda Anastasia.

– Les points de vue sont assez partagés, concéda le capitaine Aznar. Mais l'armée est généralement cantonnée dans la partie sud du pays. La grande plaine de Lezignan, où les manœuvres ont lieu et où l'on vient de construire de nouveaux casernements, se trouve juste dans le prolongement des pentes méridionales des montagnes. L'armée est ainsi, disons, acclimatée aux régions espagnoles.

– Est-elle fidèle à Sa Majesté?

Le capitaine Aznar mesura ses paroles avant de répondre :

– Je le crois. Même s'il y a eu quelques troubles quand Sa Majesté était à l'étranger.

Le capitaine Aznar n'avait pas besoin d'expliquer

que le roi quittait trop souvent son pays et Anastasia n'avait pas non plus besoin de demander où il se rendait.

– Lord John Russell m'a parlé de vos difficultés, expliqua-t-elle, et vous savez bien qu'il me sera difficile de changer le statu quo. Je me heurterai sûrement à de vives critiques. Je sais que je serai toujours considérée comme une étrangère et que je devrai avoir un comportement très prudent.

– Je ne sais comment vous dire, madame... combien ces propos me touchent, dit le capitaine Aznar. Quand je vous ai vue pour la première fois, j'ai pensé...

Il s'arrêta.

– Qu'avez-vous pensé? insista Anastasia.

Le capitaine Aznar hésita à nouveau avant de répondre :

– J'ai pensé que vous étiez la plus belle femme que j'avais jamais vue! Mais aussi, et ne croyez pas que je veuille vous blesser, madame, que vous sembliez bien trop jeune et trop inexpérimentée pour vous préoccuper d'autres choses que de jolies toilettes, de bals et de réceptions!

– Et maintenant? demanda Anastasia amusée.

– Maintenant, je crois que vous allez gagner tous les cœurs à Maurona, dit-il à voix basse et il lui fut inutile d'ajouter que le sien lui était déjà acquis.

Le mauvais temps continua jusqu'à ce qu'ils atteignent le détroit de Gibraltar.

On apprit alors à Anastasia que le navire avait été quelque peu endommagé par la tempête et qu'il devrait être réparé avant la dernière étape.

Elle n'en fut pas troublée. Elle se plaisait à bord du « Warrior » et n'était pas pressée d'arriver à Sergei.

La baronne Benasque, toute pâle et affaiblie par ses nausées, se précipita sur le pont en manifestant son mécontentement pour ce retard.

– Ce qui veut dire, fit-elle remarquer, qu'à moins

que la date de votre mariage ne soit reculée, madame, ce qui est sûrement impossible, vous n'aurez que peu de temps à Sergei pour vous préparer.

– Est-ce vraiment si important? demanda Anastasia d'un ton insouciant.

Elle pensait que le laps de temps qui séparait sa première entrevue avec le roi du jour où il deviendrait son époux importait peu puisque cela ne changerait rien à l'issue finale, même si leur première entrevue les laissait indifférents ou même hostiles l'un vis-à-vis de l'autre.

Il était prévu de l'accueillir en grande pompe et on lui avait parlé des préparatifs grandioses faits à son intention. Mais Anastasia était convaincue qu'il était inutile de s'effrayer à l'avance des difficultés qu'elle rencontrerait.

« Je dois garder mon calme et m'efforcer d'agir avec perspicacité », se disait-elle.

Elle ne pouvait cependant pas s'empêcher d'éprouver quelque angoisse en imaginant les réactions qui pourraient être les siennes en rencontrant son futur époux et elle pensait souvent au portrait qu'elle avait vu de lui.

Pour le moment, elle se réjouissait d'être à Gibraltar.

Lorsque la garnison anglaise qui y résidait apprit que le « H.M.S. Warrior » allait devoir rester à quai deux ou trois jours, le temps que les avaries dues à la tempête soient réparées, l'officier principal fit demander si Anastasia accepterait d'assister à un bal donné en son honneur.

Après toute cette période en mer, elle avait grande envie de distractions nouvelles et n'aurait pu imaginer quelque chose de plus réjouissant que de danser avec de jeunes militaires!

Les officiers du bateau, pour qui le voyage avait été épuisant à cause de la tempête et qui n'avaient pas eu beaucoup de temps à consacrer à Anastasia, furent trop heureux d'accepter l'invitation. L'officier principal s'empressa donc d'organiser le bal.

Ce fut une chance que la grande duchesse ait été encore trop faible pour quitter sa cabine lorsque cet officier était monté à bord.

Lorsqu'elle sortit, elle fit en effet remarquer à Anastasia qu'elle n'était pas en droit d'accepter d'être l'invitée d'honneur d'un bal à Gibraltar, qui n'avait pas été programmé par le secrétaire aux Affaires étrangères avant leur départ d'Angleterre.

– Comment cela aurait-il pu l'être, maman? répondit Anastasia. Lord John Russell ne pouvait pas deviner ce qui nous attendait dans la baie de Biscaye.

– Je crois qu'il aurait été plus convenable de votre part, Anastasia, d'aller voir le rocher et ses singes fameux puis de remonter à bord.

– Je pense, maman, dit Anastasia gentiment, qu'il aurait été très désobligeant, les marins diraient « prétentieux », de refuser une si charmante invitation. D'autre part, c'était à moi, je crois, que revenait la décision.

La grande duchesse sembla interloquée.

– Vraiment, Anastasia, vous êtes devenue bien sûre de vous pour me parler de la sorte! dit-elle froidement. Vous n'êtes pourtant pas encore reine.

– Je le serai sous peu, maman, dit Anastasia, et c'est en tant que future reine que l'on m'a priée d'accepter qu'un bal en mon honneur soit donné par les officiers anglais.

La grande duchesse resta silencieuse s'estimant trop faible pour discuter. Dans la soirée, elle refusa d'assister au bal sous prétexte qu'elle ne se sentait pas assez bien. La baronne Benasque fut alors déléguée pour chaperonner Anastasia et elles furent, bien sûr, escortées par le capitaine Aznar.

L'absence de sa mère à ce dîner dansant permit à Anastasia de mettre rapidement chacun à son aise.

Elle ne cessa de parler, les yeux brillants d'excitation, les joues en feu. Elle paraissait si merveilleusement belle qu'après la danse d'ouverture qu'elle accorda à son hôte, elle fut assaillie d'invitations.

Elle portait une de ses nouvelles robes, en tulle vert dont les nombreux volants étaient ornés de brins de muguet : c'était la robe la plus ravissante qu'on ait jamais vue.

La reine Victoria aurait sans doute été scandalisée par le rythme endiablé sur lequel on dansait la mazurka et il semblait à Anastasia que même les valses étaient jouées plus vite qu'au château de Windsor.

Tout le monde était très gai et cela lui donnait du courage.

– Pourquoi êtes-vous née princesse? murmura un officier à l'oreille d'Anastasia tout en dansant. Je ne devrais pas vous le dire, madame, continua-t-il, et vous allez sûrement me faire tuer à l'aube, mais vous êtes la plus jolie jeune fille que j'aie jamais vue. Maintenant, en comparaison avec vous, toutes les femmes que je pourrai rencontrer ne me paraîtront pas dignes d'être épousées!

Anastasia savait que ce n'était pas seulement son charme qui avait délié la langue du jeune homme, mais aussi une ivresse légère due à la quantité de champagne qu'il avait absorbée.

Elle était cependant ravie car c'était la première fois qu'on lui faisait de tels compliments.

Au château de Windsor ou chez les Coombe, elle avait seulement rencontré des hommes qui étaient trop respectueux de son rang, ou peut-être de son entourage, pour lui débiter autre chose que des banalités.

– J'espère que le roi Maximilien se rendra compte de la chance qu'il a, lui dit un commandant de la Marine pendant la dernière danse de la soirée.

– Je l'espère aussi! répondit Anastasia.

– Sa Majesté serait aveugle pour ne pas reconnaître que vous lui apportez tout le charme de l'Angleterre, poursuivit le commandant sur un ton qui ne laissait pas de doutes sur ses sentiments.

– Personne ne m'a encore dit si les Anglais étaient populaires ou non à Maurona? demanda-t-elle.

– Ils l'ont été dans le passé, répondit le commandant. Mais ce que je peux vous affirmer, madame, c'est qu'on fait cadeau aujourd'hui à Maurona de ce qui, en droit, devrait rester en Angleterre! Si j'avais mon mot à dire, je vous ferais enfermer avec les joyaux de la Couronne! Vous êtes bien trop belle pour être exportée!

Anastasia eut le sentiment que le commandant ne lui aurait pas parlé si familièrement à bord du « Warrior ». Mais Gibraltar semblait être considéré comme un « no man's land » où elle était loin de l'Angleterre et pas encore à Maurona.

De retour sur le navire, Anastasia se rendit dans la cabine de sa mère.

– Vous avez manqué une merveilleuse soirée, maman! dit-elle d'un ton enthousiaste.

– Vous semblez bien excitée, Anastasia, dit froidement la grande duchesse. J'espère que vous n'avez pas été trop provocante en dansant?

– Je l'espère aussi, maman, dit Anastasia d'un ton évasif.

Elle souhaita une bonne nuit à sa mère en l'embrassant et ajouta comme pour se justifier :

– Je dois aussi m'amuser, maman. Dans quelques jours, je serai mariée et obligée de rester sérieuse. Vous m'aviez vous-même dit que vous regrettiez que je n'aie pas eu l'occasion d'aller plus souvent, à Londres, à des réceptions et à des bals.

– C'était différent, Anastasia, répondit la grande duchesse. Vous savez très bien que vos cavaliers, ce soir, n'étaient pas de votre condition.

Anastasia sourit à sa mère et disparut avant que la grande duchesse ait eu le temps de lui en dire davantage.

Alors qu'elle s'apprêtait à rentrer dans sa cabine,

juste à côté de celle de sa mère, il lui revint à l'esprit qu'elle avait laissé le livre en mauronien qu'elle était en train de lire dans la cabine de l'amiral, où elle avait pris ses leçons.

En ouvrant la porte, elle vit le capitaine Aznar qui se servait à boire.

Il s'interrompit pour lui demander.

– Puis-je vous offrir quelque chose, madame?

– Je boirais volontiers une limonade, dit Anastasia.

Il lui en servit aussitôt un verre qu'il lui tendit.

– Etes-vous contente de votre soirée, madame? demanda-t-il en la fixant droit dans les yeux.

– C'était merveilleux! répondit Anastasia, bien plus réussi que les réceptions auxquelles j'ai eu l'occasion d'assister jusqu'à présent.

Elle sourit malicieusement et ajouta :

– Mais je n'ai pas eu souvent d'occasions!

– Je n'arrive pas à comprendre cela, madame. Tout le monde en Angleterre aurait dû solliciter votre présence pour illuminer les réceptions; vous brillez comme une étoile!

– Ceux que maman appellerait « tout le monde en Angleterre » se préoccupaient bien peu d'une petite princesse sans importance, habitant Hampton Court Palace! répondit Anastasia.

Le capitaine Aznar se mit à sourire.

– Eh bien maintenant, Cendrillon, madame, ne va pas seulement aller au bal mais elle va aussi épouser le prince charmant.

Anastasia traversa la cabine pour regarder les lumières du quai par le hublot.

– Vous pensez que Sa Majesté en est un? demanda-t-elle timidement.

– Je l'espère, répondit le capitaine Aznar. Je souhaite votre bonheur, madame, plus que toute autre chose!

Anastasia ne répondit pas et, après un moment de silence, il ajouta :

– Et pour vous aider à le trouver, madame, je me mets à votre service, maintenant et pour toujours!

Sa voix vibrait d'une émotion qui bouleversa Anastasia.

Elle se retourna lentement pour le regarder mais l'expression qu'elle vit dans son regard lui fit baisser les yeux.

– Un jour, j'aurai peut-être à vous rappeler votre promesse, dit-elle calmement.

– Et si cela se produit, j'en serai très fier et très heureux, répondit-il. Je suis prêt non seulement à mourir pour vous, madame, mais aussi à vivre pour vous.

Les yeux d'Anastasia croisèrent à nouveau les siens, et pendant un instant elle fut incapable de répondre. Puis elle lui tendit la main.

– Merci, dit-elle très doucement, car je sais que là où je vais, j'aurai besoin d'un ami...

Le capitaine Aznar lui prit la main et, posant un genou à terre spontanément, il la baisa.

Elle sentit ses lèvres sur sa peau nue et comme il se relevait, elle retira sa main et murmura d'une voix d'enfant qui haletait un peu :

– Merci, merci beaucoup!

Tard dans la soirée, le lendemain, le navire fut prêt à quitter Gibraltar. L'orchestre joua sur le quai et une foule de gens se rassembla pour dire adieu à Anastasia.

Elle se tenait près du capitaine pour répondre à ces chaleureux au-revoir.

Le froid, la pluie et les tempêtes étaient bien loin : le temps était au beau-fixe et la Méditerranée restait du bleu le plus pur.

– Nous sommes en retard! Nous sommes très en retard! insistèrent la grande duchesse et la baronne.

Anastasia les laissa se lamenter ensemble sur le non-respect de l'horaire et monta sur le pont.

Pour la première fois, elle pouvait sentir la brise tiède sur son visage. Le navire tanguait doucement.

On pouvait voir la fumée sortir des cheminées du « Warrior » et les voiles déployées se détachaient sur un ciel sans nuages.

– Il est encore plus beau que je ne le pensais, ce navire, dit Anastasia au capitaine Aznar qui s'était rapproché d'elle alors qu'elle se penchait au-dessus du bastingage.

– Il est vraiment très beau, répondit-il, mais ses yeux restaient fixés sur le visage de la jeune fille.

– Notre retard est-il si grave? demanda-t-elle. Maman et la baronne en sont bouleversées.

– Le seul problème est que le mariage aura lieu le lendemain de votre arrivée, et non pas une semaine après, comme cela avait été prévu, répondit-il. Il sera sûrement impossible de repousser la cérémonie déjà tout organisée.

– Mais pourquoi? demanda Anastasia.

– A cause des rois et des reines qui ont été invités et qui auront voyagé pendant des jours pour être dans le cortège.

Il ajouta, en souriant.

– Je pense que ce sera un jour férié dans tout Maurona. Il n'y a sûrement pas eu tant d'effervescence depuis le Couronnement!

– Quelles sont les personnalités invitées? demanda Anastasia.

– Je ne sais pas exactement, répondit le capitaine Aznar. Sa Majesté était encore en discussion au sujet de la liste des invités avec le Premier ministre lorsque je suis parti.

– L'empereur et l'impératrice ne seront pas invités, n'est-ce pas? demanda Anastasia.

– Même s'ils le sont, je ne crois pas qu'ils viennent! répondit le capitaine Aznar.

Cela la rassurait. Anastasia ne savait pas pourquoi; mais elle n'avait pas envie de faire la connaissance de Napoléon III.

Elle était convaincue qu'il était en grande partie

responsable des difficultés auxquelles se heurtait Maurona.

– Je ne crois pas que les bruits concernant une éventuelle invasion de votre pays par les Français soient fondés, dit le capitaine Aznar, comme s'il avait deviné ses pensées.

– Je l'espère, dit Anastasia. Avez-vous remarqué cette forteresse d'acier dans la Manche? Elle avait quelque chose d'effrayant avec ses meurtrières. Elle donnait l'impression d'être notre unique défense face à une armée d'envahisseurs.

– Je suis convaincu que ceux qui prédisent une invasion de l'Angleterre sont de mauvaises langues, fit remarquer le capitaine Aznar. L'empereur lui-même a confirmé qu'il n'en avait pas l'intention.

– Mais peut-on lui faire confiance? demanda Anastasia.

Le capitaine Aznar ne répondit pas et elle comprit qu'il n'avait pas le désir de prendre la défense de l'empereur ou de n'importe quel autre Français. Il essayait juste de la rassurer!

– Ne parlons plus de guerre ou de menaces de guerre, pria-t-elle. Il ne nous reste plus beaucoup de temps. Racontez-moi d'autres histoires sur Maurona. C'est cela que je désire entendre.

– Des légendes? demanda-t-il, ou des drames vécus?

– Des légendes, dit Anastasia d'un ton décidé. Je crois qu'il y aura suffisamment de drames à surmonter plus tard.

Comme si ces mots avaient été prophétiques, le jour suivant, alors que le « Warrior » manœuvrait dans la baie de Sergei, un petit bateau de pêche en heurta un autre. Mais cet incident n'empêcha pas le navire de se présenter sans encombre dans le port. Mais comme il était trop grand, il lui fut impossible d'accoster le long d'un quai et il dut s'ancrer au milieu de la baie.

Sur le pont, Anastasia regardait pour la première fois le pays qui allait devenir le sien.

Elle ne l'avait pas imaginé si merveilleux...

La blancheur des maisons contrastait avec la couleur vert foncé des pins et des cyprès et le gris argent des oliviers. La ville était dominée par les sommets pyrénéens. Les plus proches de la côte n'étaient pas très hauts mais, au loin, on distinguait des pics couverts de neige. La baie de Sergei était superbe avec sa plage de sable doré.

Dès que le « Warrior » fut en vue, la foule se pressa vers la mer, le long de la jetée et des promenades ou même sur les toits des maisons et des hôtels construits face à la baie.

On fit sonner les cloches de la ville et les sirènes des bateaux mugirent lorsque le navire jeta l'ancre.

Partout il y avait des drapeaux et des pavillons de couleurs vives, et Anastasia savait par le capitaine Aznar qu'elle serait accueillie sous une pluie de fleurs.

– Cela ne durera pas seulement la semaine de votre mariage, dit-il, car c'est aussi la période du carnaval.

– Quel carnaval? demanda Anastasia avec curiosité.

– Le festival des fleurs. Il y a des cortèges dans toutes les rues et une bataille de fleurs!

– Extraordinaire! Est-ce que je pourrai y assister? demanda Anastasia.

– Je pense, madame, que vous pourrez suivre le cortège depuis le balcon de la chancellerie qui donne sur la rue principale.

– Et la bataille?

Le capitaine se mit à rire.

– Non, madame, vous ne serez pas autorisée à y participer!

– Comme c'est dommage! D'où viennent toutes ces fleurs? demanda Anastasia.

– La culture des œillets est une spécialité de notre pays et on y trouve aussi toutes les fleurs de printemps.

– On les vend? demanda Anastasia.

– On en vend sur les marchés, bien sûr, répondit le capitaine Aznar, mais la plus grande partie sert à fabriquer du parfum.

– Du parfum! Je n'y avais pas pensé! s'exclama Anastasia.

– Les parfums d'œillet, de rose et de violette que vous aurez à Maurona constituent la base d'un grand nombre de parfums vendus dans le monde entier et même en France!

– Vraiment! s'exclama Anastasia.

– Des connaisseurs m'ont dit que nous avions les plus belles tubéreuses de toute la Méditerranée. A Paris, les femmes feraient des folies pour en obtenir.

L'aide de camp ne jugea pas décent d'ajouter que les tubéreuses étaient les fleurs de la volupté et que les courtisanes de Paris prisaient leur parfum plus que tout autre.

– Je serais curieuse de voir comment est fabriqué le parfum, dit Anastasia.

– C'est en effet très intéressant, répondit le capitaine. On dit que mille cinq cents fleurs sont nécessaires pour obtenir une simple goutte de la fameuse essence, et nos onguents, comme ceux de Grasse, sont réputés depuis la Renaissance.

Il devinait l'intérêt d'Anastasia, et continua :

– Vous pourrez visiter des usines de distillation, madame, à Sergei et aussi à Arcala qui se trouve sur le versant sud des montagnes.

– J'irai là aussi, promit Anastasia.

Il eut un sourire reconnaissant.

Presque aussitôt après que le « Warrior » se fut immobilisé, une longue chaloupe blanche arborant le drapeau mauronien en poupe vint à la rencontre du navire.

Anastasia se tourna vers le capitaine.

– Sa Majesté va-t-elle monter à bord? demanda-t-elle, inquiète.

Il secoua la tête.

– Il est prévu que le roi vienne à votre rencontre sur

les marches du palais, madame. Vous traverserez d'abord la ville escortée du Premier ministre et du Cabinet.

La chaloupe se rapprochait du « Warrior » et il ajouta :

– Je crois, madame, que vous devriez rejoindre la grande duchesse et la baronne pour l'arrivée de la chaloupe.

– Oui, c'est vrai, reconnut Anastasia.

Elle se rendit dans la cabine de l'amiral où sa mère l'attendait.

– Où étiez-vous Anastasia? demanda-t-elle sèchement.

– J'étais sur le pont pour admirer l'entrée du bateau dans le port, maman.

– Vous auriez dû me dire où vous alliez, dit la grande duchesse. Efforcez-vous, Anastasia, de garder votre dignité. Il est très important que vous fassiez bonne impression : la première impression est toujours la plus importante.

– Je ferai de mon mieux, maman! promit Anastasia dans un soupir.

Elle savait que la robe bleu pâle qu'elle portait lui allait à ravir et que son chapeau, orné de petits boutons de roses, assorti à son ombrelle, pouvait rivaliser avec ce que l'on trouvait de plus chic à Paris.

Malgré l'assurance que cela lui donnait, elle ne put maîtriser sa nervosité lorsque les hauts dignitaires de Maurona furent annoncés à bord et qu'ils furent escortés par le capitaine du bateau jusqu'à la cabine de l'amiral.

Le Premier ministre était un homme distingué, un peu chauve, avec des yeux perçants qui parurent à Anastasia ceux d'un froid calculateur.

Il l'accueillit en français, mais sembla ravi qu'elle lui réponde en mauronien.

– Votre Altesse Royale connaît notre langue? demanda-t-il avec surprise.

– J'ai eu un très bon professeur, répondit Anastasia, et je souhaite ne pas vous choquer par mes maladresses.

– Je suis sûr que Votre Altesse Royale n'en aura pas l'occasion, répondit le Premier ministre.

Il y eut un long échange de politesses avant que les voyageurs anglais ne rejoignent les fiacres qui les attendaient pour former le cortège.

Pour la plus grande joie d'Anastasia, on avait décoré de fleurs non seulement les chevaux mais aussi les fiacres.

Elle s'installa à l'arrière contre la capote couverte d'œillets et le Premier ministre s'assit à côté d'elle, tandis que sir Frederick Falkland, très élégant, coiffé de son chapeau d'ambassadeur orné de plumes de coq blanc, et le capitaine Aznar prenaient place en face d'elle.

En arrivant à Gibraltar, sir Frederick s'était longuement excusé auprès d'elle pour n'avoir pas été capable de surmonter son mal de mer.

Elle le trouvait plutôt terne et inintéressant et se demandait pourquoi, puisque l'on portait tant d'intérêt à Maurona, on n'avait pas choisi un ambassadeur plus brillant pour représenter l'Angleterre.

Anastasia avait à cœur de faire bonne impression au Premier ministre. Il était cependant difficile de couvrir le bruit des acclamations de la foule lorsque le cortège se dirigea vers le palais. Il était bâti sur les hauteurs de la ville, entouré de forêts très vertes au milieu desquelles il resplendissait comme un joyau sur un écrin de velours. Les rues étaient tendues de bannières, de drapeaux, d'arches de fleurs et de guirlandes de toutes formes et de toutes tailles.

Sur les balcons, où l'on se serrait pour l'acclamer, elle distinguait les couleurs vives des châles et des banderoles.

Des œillets, des roses, du muguet et des orchidées sauvages étaient lancés sur le fiacre jusqu'à en couvrir le fond et la couverture posée sur les genoux d'Anastasia.

Il régnait une grande animation. Les gens souriaient, saluaient, acclamaient Anastasia avec un enthousiasme dont elle fut profondément touchée.

– Ils ont l'air si contents! dit-elle au Premier ministre.

– Nous sommes, dans l'ensemble, un peuple chaleureux, répondit-il. Et si je peux me permettre, madame, vous ressemblez exactement à ce que nous n'osions espérer.

– C'est-à-dire? demanda Anastasia avec curiosité.

– ... à une princesse de conte de fée, répondit-il.

Il sourit et ajouta :

– Pardonnez-moi, madame, mais l'image habituelle que nous avons des Anglais est celle de grandes et dédaigneuses « ladies » et de messieurs aux dents saillantes portant le kilt écossais lorsqu'ils sont en visite à l'étranger.

Anastasia éclata de rire spontanément.

– Je vois exactement ce que vous voulez dire, et certains Anglais ressemblent, en effet, au portrait que vous venez de tracer. J'espère être différente.

– Vous êtes vraiment différente, madame, assura le Premier ministre avec sérieux.

Et en se tournant pour lui sourire, elle vit à son visage qu'elle avait fait une nouvelle conquête.

La traversée de la ville lui sembla interminable.

Enfin, les chevaux commencèrent à gravir la pente et Anastasia put bientôt apercevoir le magnifique palais blanc.

Il était très impressionnant et lorsqu'ils eurent passé les lourdes grilles de fer dorées à l'or fin, elle admira une fontaine dont les eaux jaillissaient dans le soleil devant un grand escalier qui menait aux portes d'entrée.

Les hommes, la plupart en uniforme, portaient d'innombrables décorations et les femmes, dans leurs vastes crinolines se protégeaient du soleil avec de petites ombrelles.

Le fiacre contourna la fontaine et vint s'arrêter au pied de l'escalier d'honneur.

Tout en descendant, Anastasia leva la tête et vit un homme de haute taille, portant un uniforme blanc, sortir du palais et venir à sa rencontre.

Son cœur se mit à battre plus vite et elle sentit qu'elle était encore plus effrayée qu'elle l'avait cru.

Le roi se rapprochait d'elle : l'homme sévère du portrait !

Le roi Maximilien III de Maurona, son futur époux...

4

– Embrasse-moi encore, mon chéri, dit une douce voix en français.

L'homme qui était étendu sur les coussins de soie du divan, les mains derrière la tête, ne bougea pas.

– Vous êtes insatiable, Yvette, dit-il, avec une note d'ironie dans la voix.

– Si je suis insatiable, vous êtes irrésistible !

– Il est tard maintenant, vous devriez rentrer.

– En réalité, il est encore tôt et, aujourd'hui, je ne suis pas pressée.

Elle avait insisté sur le mot « aujourd'hui » et le roi Maximilien émit un son qui ressemblait à un grognement.

– Est-ce vraiment aujourd'hui ? demanda-t-il. J'avais presque eu l'espoir que ça n'arriverait jamais.

– Oui, c'est aujourd'hui, dit la femme impitoyablement, que mon mari rentre de Marseille et que votre femme allemande arrive.

Il y eut un silence, puis le roi remarqua, presque comme s'il se parlait à lui-même :

– Je croyais qu'elle était anglaise et non allemande...

– Peu importe sa nationalité exacte, répliqua la femme. Pour les Français, les Allemands sont une menace permanente, et les Anglais... hélas... comment pourrais-je décrire les Anglais?

– Je ne vois pas pourquoi vous chercheriez à les décrire, Yvette, fit remarquer le roi.

– Je les déteste, proclama Yvette Le Granmont avec passion. Ils sont hautains, arrogants et je suis absolument ravie de pouvoir affirmer qu'on ne trouve chez eux aucune femme séduisante!

– On m'a dit que ma future épouse était très jolie, dit le roi Maximilien pensivement.

– Qui a bien pu vous dire une telle ineptie? demanda la comtesse.

Et répondant elle-même à sa question, elle ajouta :

– Des diplomates? Des politiciens? Ou même la reine d'Angleterre en personne, la femme la plus suffisante et la plus autoritaire que je connaisse.

Elle eut un petit rire en ajoutant :

– Je sais ce que vaut ce genre de déclaration car je suis mariée à un diplomate. Et entre ce que Henri dit et ce qu'il pense, il y a un monde!

– Espérons que votre mari ne pense ni ne parle au sujet de nos relations, Yvette.

– Je suis très discrète, dit la comtesse d'une voix douce et caressante, et je ne pourrais pas vous quitter. Vous le savez bien.

– Ne craignez-vous pas les réactions de ma femme?

La comtesse se mit à rire.

– Elle est jeune, sûrement innocente. Et sauf dans le cas, bien improbable, où quelqu'un lui parlerait de notre liaison, elle restera dans une ignorance bienheureuse!

– Vous devez agir avec prudence, Yvette.

– Qu'entendez-vous par là? demanda la comtesse. Auriez-vous peur du lion britannique, de la reine

Victoria, ou devrais-je dire de la lionne? Comment se fait-il que cette femme ait un droit de regard sur tout ce qui se passe en Europe?

Le roi ne répondit pas et la comtesse continua :

– Si vous aviez fait preuve de plus de fermeté, vous auriez refusé ce mariage que l'on vous a imposé contre votre gré. Vous savez tout aussi bien que moi que vous n'avez aucune envie de vous marier, mon cher.

– C'est tout à fait vrai! acquiesça le roi. Mais comme vous le dites, je n'ai pas eu le courage de résister à la pression que les Britanniques ont exercée sur moi. Et j'ai donc accepté d'épouser la princesse qu'ils m'avaient choisie!

– Mon Dieu, que cela sera difficile! s'écria Yvette Le Granmont. Mais pendant qu'elle vous fera un héritier je pourrai continuer à vous rendre heureux!

– Je crains, dit le roi, que ce projet ne soit pas, comme disent les Anglais, « fair-play ».

– Les Anglais! Toujours les Anglais! s'exclama Yvette Le Granmont sur un ton exaspéré. Ils me rendent malade! Si vous deviez absolument vous marier, vous auriez dû épouser une Française!

– Malheureusement, il n'y a pas de princesse française à marier, répondit le roi. De plus, la reine Victoria n'aurait pas approuvé une telle union.

Ces propos volontairement provocants arrachèrent une exclamation de colère à Yvette Le Granmont qui se redressa. Elle ne portait sur elle qu'un collier d'émeraudes qui rappelaient le vert de ses yeux sombres.

Sans même tourner la tête, le roi pouvait admirer la courbe parfaite de son buste, la grâce de son cou finement dessiné et son visage aux traits encadrés d'une abondante chevelure d'ébène.

Il la contempla pendant un long moment, puis sans hâte, se leva du divan où ils étaient allongés. Le canapé recouvert de coussins de soie multicolore semblait sorti du palais des Mille et Une Nuits. Le roi s'était d'ailleurs inspiré de la décoration du palais du sultan du Maroc. Mais le reste de l'ameublement était typiquement français avec ses commodes recouvertes de marbre, ses consoles à dorures et ses élégants miroirs ciselés.

Un tableau de Boucher était suspendu au-dessus de la cheminée et une toile de Fragonard sur le mur opposé.

La pièce était d'assez petites dimensions. C'était le salon privé du roi, où personne n'était autorisé à entrer sans une invitation spéciale.

Située à un angle du palais, après la suite officielle, elle permettait aux invitées du monarque d'emprunter un petit escalier au bas duquel une porte dérobée ouvrait directement sur les jardins.

Le roi traversa la pièce et écarta les rideaux de satin pour regarder par la fenêtre.

– Le jour va bientôt se lever, dit-il. Il faut que vous partiez, Yvette.

– Il n'y a rien à craindre, répondit-elle doucement. Ma voiture m'attend de l'autre côté du mur du palais et mes serviteurs sont tout à fait sûrs.

– Vous voulez dire, remarqua le roi laconiquement, qu'ils vous ont donné leur assistance dans le passé pour vos escapades amoureuses, sans jamais mettre votre mari au courant de nos relations, et vous en déduisez qu'ils ne le feront jamais.

– Pourquoi le feraient-ils? demanda Yvette Le Granmont.

– Parce que, actuellement, je suis dans une position tout à fait vulnérable, vous le savez.

– Vous vous faites trop de soucis, répondit la comtesse. Pensez à l'empereur! Il n'y a pas une seule jolie femme à Paris qui ne l'ait entraîné dans son lit. Je suis, moi, venue à vous!

– Je vous en suis tout à fait reconnaissant! s'exclama le roi.

– Ecoutez-moi, dit doucement Yvette Le Granmont. Je n'ai pas l'intention de vous quitter, mon chéri. Jamais une femme n'abandonnerait un homme aussi irrésistible.

Sa voix se faisait caressante et le roi se retourna pour contempler la jeune femme encore assise sur le divan, presque nue.

Il la regardait fixement et elle leva les yeux vers lui.

– A quoi pensez-vous? demanda-t-elle au bout d'un moment.

– Je me demandais ce qui vous rendait si séduisante, répondit-il. Vous êtes une maîtresse obstinée, une épouse infidèle et si je ne me trompe, votre cœur n'écoute que votre raison! Pourtant, vous êtes si attirante.

– Je peux vous répondre très facilement, répondit la comtesse. C'est parce que je brûle d'un feu ardent. Ce que je vous donne est quelque chose que votre femme anglo-allemande ne pourra jamais vous donner!

– Comment pouvez-vous en être si sûre? demanda le roi d'un ton amusé, ses yeux toujours fixés sur le visage pétillant de malice d'Yvette.

– Les Allemandes sont ennuyeuses, molles et sans la moindre imagination. Quant aux Anglaises, elles sont froides, ne pensent qu'à leurs biens. Comment imaginer que la passion puisse éclore sur des terres aussi ingrates?

Le roi se mit à rire.

– Vous êtes très prolixe sur ce sujet, Yvette. Dans quelques heures, nous serons en mesure de vérifier si vos hypothèses sont justes ou si la reine Victoria a été un peu plus fine que nous le supposions.

– Fine? Qu'entendez-vous par plus fine? demanda la comtesse. Voulez-vous insinuer que votre femme ne correspondra pas à la description que je viens de vous faire? Mon Dieu! Je connais bien les Anglais et leurs femmes n'ont aucune séduction, aucune. Regardez les Anglais qui viennent à Paris! Que cherchent-ils? L'amusement, la gaieté et les plaisirs de la chair qu'ils ne trouvent pas dans leur propre pays!

– Vous avez peut-être raison, dit le roi avec bonne humeur. Et sans doute Paris, nous le savons bien, offre-t-il d'innombrables possibilités de satisfaire ce que vous appelez les « plaisirs de la chair ».

– En ce qui vous concerne, vous n'avez pas besoin d'aller à Paris, rappela Yvette.

Tout en parlant, elle tendit les bras, mais le roi ne répondit pas à son invitation.

– Il se fait tard et vous ne pouvez plus rester ici, Yvette. Rentrez chez vous. Il ne faut pas que vous soyez trop fatiguée lors du retour de votre mari !

– Je suis toujours aimable avec Henri, répliqua la comtesse en laissant retomber ses bras. Ce sont les Anglais qui créent les scandales en n'ayant pas le bon sens de rester aimables avec leur partenaire officiel lorsqu'ils sont amoureux ailleurs.

– Je suis d'accord avec vous, c'est une erreur ! dit le roi et c'est pourquoi je vous répète, Yvette, que vous devez rentrer à l'ambassade.

La comtesse se leva en poussant un léger soupir. Quand elle fut debout, elle poussa un petit cri et s'élança vers le roi.

Elle lui passa les bras autour du cou pour attirer son visage vers le sien.

– Je t'adore, dit-elle avec passion.

Le monarque laissa ses lèvres effleurer les siennes, puis il se dégagea. Yvette fit la moue et se mit à rassembler ses vêtements épars sur le sol.

Quand elle fut enfin habillée, le roi posa sur ses épaules un grand manteau de zibeline noire qui lui descendait jusqu'aux pieds et elle se couvrit la tête d'un foulard qu'elle rentra sous la fourrure.

– Quand pourrai-je vous revoir ? demanda-t-elle d'un ton anxieux.

Le roi haussa les épaules et répliqua presque sèchement :

– Sans doute demain matin lorsque le corps diplomatique recevra la princesse, ou peut-être pour le corso fleuri de l'après-midi.

– Vous savez bien que je parle d'autre chose.

– Lorsqu'il vous sera possible de revenir, répondit le roi, je vous ferai parvenir le message habituel.

– Vous savez que j'attendrai de vos nouvelles, dit-elle avec douceur.

Elle s'arrêta, puis ajouta :

– Je suis très jalouse! Comme je voudrais pouvoir être à la place de votre femme! Cette étrangère...

– Vous êtes aussi une étrangère, ma chère Yvette!

– Mais pensez à ce que nous avons en commun, dit-elle rapidement.

Il se mit à rire, la prit par les épaules, l'entraîna à travers le salon, et ouvrit une porte dissimulée dans l'un des angles de la pièce. Elle cachait ce fameux escalier qui conduisait aux jardins. Il était si étroit que l'on ne pouvait le descendre que l'un derrière l'autre.

Quand ils furent dehors, Yvette enlaça une nouvelle fois le roi et attira son visage contre le sien.

– Bonne nuit, roi de mon cœur! murmura-t-elle. Rêvez de moi! Je veux au moins que vos rêves m'appartiennent.

– Bonne nuit, Yvette, et merci pour cette merveilleuse soirée, dit le souverain.

Il l'embrassa et porta sa main à ses lèvres.

Déjà les étoiles pâlissaient et l'on pouvait voir les premières lueurs de l'aube.

On distinguait parfaitement le petit passage dallé qui descendait vers l'allée de cyprès menant à l'extérieur du palais.

– Vous n'avez besoin de rien? demanda-t-il.

– Non, ma voiture m'attend, répondit la comtesse.

Elle s'éloigna et l'on entendit à peine le bruit de ses souliers de satin sur les dalles.

Après l'avoir suivie du regard pendant quelques secondes, le roi referma la porte et regagna le salon par le petit escalier.

Les coussins étaient froissés et l'atmosphère était encore chargée du lourd parfum, presque oriental, que préférait Yvette. Le roi demeura immobile un moment, comme s'il réfléchissait. Puis il alla ouvrir la porte de l'autre côté de la pièce et pénétra dans sa chambre.

Il pensait qu'il s'endormirait tout de suite après que son valet, resté éveillé, l'aurait aidé à se déshabiller. Il s'était allongé dans le grand lit à baldaquin surmonté d'une couronne dorée, dans lequel tous les rois de Maurona avaient dormi depuis plus de deux cents ans.

Mais il ne trouva pas le sommeil. Il pensait à Yvette et aux propos désobligeants qu'elle avait tenus au sujet de sa future épouse. Il se demandait si sa malveillance était fondée. Toute la colère qu'il avait sentie chez elle lorsqu'elle avait appris ce mariage l'autorisait à s'interroger sur sa bonne foi.

Il avait toujours eu l'intention de se marier un jour ou l'autre et il était tout à fait conscient que ses sujets attendaient la venue d'un héritier. Mais il n'avait pas pensé qu'on lui imposerait ce mariage et qu'il se trouverait dans une position telle qu'il lui serait pratiquement impossible de s'opposer aux volontés d'une puissance étrangère.

Son pays avait besoin de l'aide commerciale et politique de l'Angleterre et le prix que l'Angleterre avait demandé en échange de sa protection – ce mariage – était finalement bien peu de chose.

– Je refuse! Je refuse catégoriquement! aurait voulu pouvoir dire le roi lorsqu'on le lui avait imposé.

Mais ces longues années d'apprentissage sous l'autorité de son père lui avaient appris à s'exprimer sans emportement et à écouter sans les commenter les arguments qu'on lui avançait.

Son intelligence très vive lui soufflait d'ailleurs qu'il n'y avait pas d'échappatoire. Pourtant, il désapprouvait ce projet et il lui avait été difficile de supporter l'agitation et les félicitations qui avaient suivi l'annonce du mariage.

Personne n'avait voulu l'écouter lorsqu'il avait

répété au Conseil qu'il n'y avait aucun danger du côté des Français. L'empereur n'avait-il pas personnellement affirmé qu'il n'avait aucun intérêt à s'engager dans d'autres conquêtes en Europe et à annexer d'autres territoires?

Le roi de Maurona évoqua les distractions qu'il avait trouvées à Paris et un sourire se dessina sur ses lèvres.

Il n'aurait jamais imaginé qu'un tel déploiement de luxe et d'extravagance fût possible, que tant de femmes charmantes puissent exister avant d'y être allé.

Quand il songeait qu'il avait dû rester à Maurona jusqu'à l'âge de vingt-deux ans, prisonnier de la cour d'Europe la plus triste, il avait du mal à supporter l'idée de toutes ces années perdues...

Il est vrai que son père l'avait envoyé à l'étranger pour ses études, mais il avait toujours été accompagné par un professeur, un conseiller politique, un aide de camp ou un serviteur, tous désignés par le vieux souverain et qui étaient tenus de lui faire des rapports quotidiens sur sa conduite!

Il n'avait donc jamais pu s'amuser librement. Seules les réceptions officielles préparées par son conseiller politique étaient autorisées.

Il n'avait toujours rencontré que des personnes choisies par son père qui vérifiait les listes d'invités à son retour.

Maintenant il avait du mal à se souvenir de cette triste vie passée...

Aussi n'était-il pas surprenant que Maximilien, à peine monté sur le trône, ait désiré profiter de sa liberté pour découvrir le monde, un monde si différent de celui qu'on lui avait montré!

Trois mois après avoir été proclamé roi de Maurona, il se rendait à Paris, et au fil des années, ses visites dans la capitale française devinrent de plus en plus fréquentes et joyeuses.

Il avait rendu visite au tsar de Russie et s'était beaucoup plu à Saint-Pétersbourg. Il avait eté reçu par le roi de Grèce et le sultan du Maroc. Mais il avait trouvé le protocole au Palais de Schönbrunn à Vienne presque aussi triste et ennuyeux que celui de Sergei durant le long règne de son père. Il n'était donc pas retourné en Autriche malgré les invitations qu'on lui avait adressées.

Il avait également refusé de se rendre en Angleterre, par crainte de s'y ennuyer : il y était allé lorsqu'il était jeune, il avait trouvé le prince Albert terne et guindé et avait à peine vu la reine Victoria, qui mettait alors au monde un de ses nombreux enfants.

« L'Angleterre, conclut-il, ressemblait vraiment à la description qu'en avait faite Yvette, et sa femme le ferait sûrement mourir d'ennui! »

Il fronça les sourcils en pensant à Anastasia. Elle arrivait plus tard que prévu à cause d'une tempête dans la baie de Biscaye.

« Quel malheur que le bateau n'ait pas coulé! J'aurais dû alors respecter au moins une année de deuil avant qu'on ne me propose une autre épouse! » déplora-t-il.

Mais un navire de guerre anglais ne risque pas de couler! Il se renfrogna encore plus.

Il savait que ceux de ses sujets qui avaient des sympathies espagnoles considéraient le bateau qui amenait son épouse comme une intimidation et un avertissement pour les Français.

Pour le roi, c'était une insulte faite à ses amis, tandis que le Premier ministre y voyait une confirmation du fait qu'il était plus sage pour Maurona de se lier à l'Angleterre qu'à la France!

« De quoi avez-vous peur? avait voulu demander le roi au Conseil privé la veille. Qu'avez-vous à craindre sinon votre propre manque d'assurance? »

Mais il avait gardé le silence même s'il pensait que le Premier ministre et ses conseillers agissaient comme des enfants effrayés par un épouvantail.

L'empereur Napoléon lui avait donné sa parole. Il

n'avait pas l'intention de s'emparer de Maurona! Que demandaient-ils de plus?

Le soleil illuminait la baie et brillait sur la mer lorsque le roi s'endormit enfin. Il lui sembla qu'il venait à peine de fermer les yeux lorsque son valet le réveilla.

– Quelle belle journée, Votre Majesté! dit-il après avoir tiré les rideaux. Les gens n'ont cessé d'arriver pendant la nuit...

– Pour quoi faire? demanda le roi somnolent.

– Pour accueillir la princesse, Votre Majesté! L'officier de service vient juste de me dire que le navire était en vue. Il jettera l'ancre dans la baie vers 11 heures.

Le roi ne répondit pas, mais après quelques instants il repoussa ses draps et se leva.

Il ne s'attarda pas devant son petit déjeuner auquel il goûta à peine. Il jeta un coup d'œil sur les journaux qui publiaient de grands portraits de lui, accompagnés de croquis de la princesse, de cœurs et de guirlandes de fleurs. Maximilien les regarda distraitement. Ils n'étaient pas très nets, ni très bien imprimés et il était difficile de dire si elle était aussi jolie qu'on le lui avait assuré.

« De toute façon, pensa le roi, quoi qu'il en soit, nous aurons sûrement bien peu de goûts en commun! »

Ce fut de mauvaise grâce, après avoir expédié son courrier, qu'il enfila le costume d'apparat qui était de rigueur dans les cérémonies officielles.

– Si vous ajoutez encore d'autres décorations, dit-il à son valet, je vais finir par ressembler à un arbre de Noël!

– Mais il faut que vous portiez celle de l'Ordre des Martyrs de Maurona, Votre Majesté! protesta le valet.

L'attention du roi fut attirée par ce mot.

– C'est bien ce que je suis, dit-il tout en contemplant son reflet dans le miroir, un martyr!

Puis il se mit à penser que, malgré les circonstances

qui entouraient ce mariage, il n'avait pas l'intention de se laisser manipuler par sa femme ou de la laisser exercer un quelconque pouvoir sur lui, comme l'avait fait la reine d'Angleterre.

« Si elle pense jouir d'une quelconque autorité ici, une surprise l'attend! pensa-t-il en colère. Je veux être le maître dans mon propre palais, même s'il m'est difficile de l'être dans mon pays! »

Il ne descendit les marches du palais qu'à la dernière minute. Il savait que ses aides de camp étaient inquiets car, loin de montrer l'empressement d'un futur époux, il retarda volontairement son entrée dans la grande salle jusqu'à l'arrivée de la voiture.

– Le cortège entre dans le parc, Sire, lui annonça un de ses aides de camp, ne pouvant contenir plus longtemps son impatience.

Tout le monde savait qu'il aurait été outrageant pour la princesse de devoir descendre de voiture et de commencer à monter seule les marches du palais.

Alors que tous ceux qui l'entouraient le regardaient d'un air implorant et que la porte de la voiture avait été ouverte pour laisser descendre Anastasia, le roi s'avança enfin vers elle. Avec lenteur, il se mit à descendre l'escalier recouvert d'un tapis rouge, entre deux rangées de gardes d'honneur.

Il aperçut enfin une silhouette bleu pâle et un visage bien plus fin qu'il ne l'avait imaginé. Il descendait les marches une à une et la forme bleue se rapprochait de lui.

Anastasia tournait la tête de côté et d'autre pour répondre aux acclamations des invités.

Le roi, lui, regardait droit devant lui sans paraître y prêter attention.

Avec une précision qui ne fut sûrement qu'une coïncidence, Maximilien et Anastasia se rencontrèrent exactement à mi-chemin du grand escalier.

Le regard d'Anastasia fut d'abord attiré par les décorations que le roi arborait puis elle leva les yeux vers lui, timidement.

Lorsque leurs yeux se croisèrent, Anastasia eut un sursaut.

Elle s'exclama, de manière tout à fait involontaire :

– Oh! Vous êtes beaucoup plus beau que je ne le croyais!

Le roi fut incapable de trouver une repartie adéquate. Puis avec un sourire qui détendit son visage, il dit :

– Puis-je me permettre, Votre Altesse Royale, de vous souhaiter la bienvenue à Maurona? Je suis très honoré de vous accueillir dans mon pays et je prie le Seigneur qu'il bénisse notre union et que vous soyez heureuse ici.

Il prit sa main tout en parlant et la porta à ses lèvres, ses yeux toujours fixés sur son visage. Il n'avait jamais imaginé la porcelaine de Dresde autrement que rose, blanche et dorée. Et le visage qu'il découvrait avait l'air fait de cette matière délicate.

Les yeux d'Anastasia avaient le bleu des myosotis que l'on trouve sur les plateaux alpins et sa bouche souriait lorsque, au lieu du petit discours qu'elle devait prononcer, elle dit d'un ton embarrassé :

– Pardonnez-moi pour ce que je... viens de dire... et ne le répétez pas à ma mère!

– Cela lui déplairait? demanda le roi amusé.

– Elle en serait très fâchée. J'avais appris un petit discours... mais par malheur... je l'ai... oublié.

– Je ne vous trahirai pas, dit Maximilien sur un ton conciliant.

– Ne le faites pas! pria Anastasia. Vous ne pouvez imaginer comme elle serait choquée!

– En fait, j'ai une idée, riposta le roi.

Mais il ne put continuer.

La grande duchesse approchait maintenant et elle se plaça juste derrière Anastasia. L'ambassadeur d'Angleterre qui la suivait se mit, lui, aux côtés de la princesse.

– Puis-je présenter à Votre Majesté la grande

duchesse de Hohlenstein? dit sir Frederick d'un ton cérémonieux.

Le roi se pencha sur la main de la grande duchesse qui lui faisait une révérence, puis il offrit son bras à Anastasia et ils entrèrent dans la grande salle du palais.

– Que devons-nous faire à présent? lui demanda-t-elle discrètement.

– Je vais vous présenter au Cabinet, à la Maison du roi, au Corps diplomatique et aux autres personnalités importantes de Maurona, répondit le roi.

– J'espère que je ne vais pas faire d'impair, murmura Anastasia.

– Vous n'avez rien d'autre à faire que leur sourire.

Ils traversèrent le grand salon et se dirigèrent vers la salle du Trône, une copie de la galerie des Glaces du château de Versailles. Anastasia avait vu des reproductions du château et fit le rapprochement.

– J'ai appris que votre voyage avait été très pénible, dit le roi alors qu'ils avançaient vers le centre de la salle, leur image se reflétant de chaque côté dans les miroirs.

– Maman a été très affaiblie, répondit Anastasia. En fait, seuls le capitaine Aznar et moi-même n'avons pas été malades.

– Avez-vous trouvé le capitaine distrayant? demanda le roi.

– Il a été très aimable et m'a consacré beaucoup de temps, répondit Anastasia. Il m'a, en particulier, appris le mauronien.

– Je suis impatient de vous entendre le parler, dit le roi dans sa langue natale.

– J'espère que je ne décevrai pas Votre Majesté, répondit Anastasia en mauronien.

– Mais c'est bien! Très bien! s'exclama-t-il. Comment avez-vous fait pour apprendre si vite?

– Je n'ai pas eu de difficultés, répondit Anastasia.

J'ai tellement envie de pouvoir comprendre votre peuple.

Le roi la regarda avec un air surpris et elle demanda à voix basse :

– Est-ce que je corresponds à l'image que vous vous étiez faite de moi ?

– Pas du tout !

– Le portrait que j'avais vu de vous était très mauvais. Vous y paraissiez froid et sévère.

– J'espère que, avec le temps, vous ne me trouverez plus de ressemblance avec ce mauvais portrait.

Anastasia sourit et il remarqua qu'elle avait une charmante fossette sur la joue gauche.

– J'étais assez effrayée lorsque je vous ai vu paraître en haut de l'escalier, avoua-t-elle.

– Et maintenant ? lui demanda-t-il.

– Je n'ai plus qu'une demi-douzaine de papillons devant les yeux, au lieu d'une centaine !

Il se mit à rire et Anastasia regarda autour d'elle craignant que sa mère ne l'ait entendue.

Elle fit un effort pour garder une attitude altière en marchant et ils arrivèrent près des trônes d'or au bout de la salle. Ils ne s'assirent pas mais restèrent debout tandis que la grande duchesse, le Premier ministre et plusieurs aides de camp se rangeaient derrière en cortège. Un personnage officiel prit place à la droite d'Anastasia et annonça les noms de tous les notables qui vinrent la saluer.

Ce fut d'abord le Cabinet, avec à sa tête le Premier ministre qu'Anastasia avait déjà rencontré. Elle lui fit cependant une nouvelle révérence et il porta sa main à ses lèvres en disant :

– Je vous souhaite la bienvenue, madame, encore plus sincèrement que je ne l'ai fait tout à l'heure.

Anastasia lui adressa un sourire interrogateur.

– Etes-vous sûr que je n'ai pas déçu la population ?

– Vous avez entendu les acclamations sur votre

passage, répondit-il. Maintenant tout le monde croit à la « princesse charmante ».

Le secrétaire aux Affaires étrangères lui succéda :

– J'ai reçu une lettre de lord John Russell ce matin, madame. Il me disait que vous étiez très belle, mais les mots sont bien faibles pour exprimer la réalité!

– Tous les Mauroniens sont-ils aussi galants? demanda Anastasia.

– Lorsqu'ils sont face à une future souveraine aussi charmante que vous seulement, répondit le secrétaire en s'éloignant.

Il lui fut difficile de se rappeler ensuite les noms et les visages de tous les dignitaires qui défilèrent devant elle.

Ce fut ensuite le tour du Corps diplomatique.

– Son Excellence Don Alfonso Gerona, ambassadeur d'Espagne, et Madame Gerona!

Anastasia les regarda avec intérêt.

Ils lui présentèrent leurs vœux en espagnol, et elle leur répondit dans la même langue.

Elle sentit que le roi se tournait vers elle pour l'approuver. Puis suivirent le comte Henri Le Granmont, ambassadeur de Sa Majesté l'empereur, et la comtesse.

Anastasia se rappela soudain ce que Christopher Lyncombe lui avait dit et, tout en saluant l'ambassadeur de France, elle observa son épouse.

Elle vit une femme très élégante qui faisait une révérence très profonde au roi et elle remarqua que ses yeux sombres le fixaient avec une intensité qui ne pouvait tromper. Elle n'aurait rien remarqué si elle n'avait pas sciemment cherché un signe d'intimité entre la comtesse et son futur époux.

La voix du roi resta tout à fait neutre et dépourvue d'émotion, mais elle fut sensible au ton caressant de la comtesse lorsqu'elle s'adressa à lui.

Puis lorsque l'ambassadeur s'éloigna et que la comtesse s'approcha pour saluer Anastasia, son expression se modifia et une certaine dureté apparut dans son regard.

– Je vous souhaite la bienvenue à Maurona, madame, dit la comtesse, bien que le ton de ses paroles ne soit guère accueillant.

– Je suis ravie de faire votre connaissance, madame, répondit Anastasia dans un excellent français. On m'a tellement parlé de vous!

Elle put lire la surprise sur le visage de la comtesse, mais avant qu'elle n'ait pu répondre, Anastasia s'était déjà tournée vers l'ambassadeur d'Italie.

Quand ces longues présentations furent terminées, le roi offrit à nouveau son bras à Anastasia et ils se mêlèrent aux invités auxquels les serviteurs offrirent des rafraîchissements.

Ils parlèrent à quelques personnes puis Anastasia vit la comtesse Le Granmont venir délibérément à leur rencontre de façon telle que le roi ne put éviter de lui adresser la parole.

La comtesse fit une révérence.

– Nous espérons, Votre Majesté, qu'il vous sera possible de venir avec Son Altesse Royale à la réception donnée à l'ambassade de France cet après-midi. Il vous sera sûrement plus agréable de suivre le défilé depuis nos balcons, plutôt que de la chancellerie, la vue y est tellement meilleure!

La comtesse regardait le roi tout en parlant, et Anastasia eut l'impression que ses propos avaient un sens caché. Elle fut convaincue qu'elle cherchait à l'amener à donner une preuve de son attachement à la France.

Avant que celui-ci ne puisse répondre, Anastasia dit :

– J'en serais ravie, madame, mais j'ai le sentiment que, pour ma première apparition en public, il serait plus décent que je sois en territoire mauronien!

Elle souriait tout en parlant et ajouta :

– Je peux me tromper, mais je suis sûre d'avoir lu quelque part qu'une ambassade était une petite parcelle du pays qu'elle représentait. C'est pourquoi en me rendant à l'ambassade, je serais en France!

Le visage de la comtesse s'assombrit et elle se tourna vers le roi.

– J'espère que vous ne repousserez pas notre invitation, Sire? dit-elle d'une voix suave.

– Je crois que la décision en revient à la princesse, répondit prudemment Maximilien. Elle est peut-être trop fatiguée pour accepter une invitation après un voyage si éprouvant!

– Peut-être pourrons-nous en parler un peu plus tard, dit Anastasia. J'aimerais tant voir le cortège et la bataille de fleurs.

Ses propos étaient tout à fait innocents, mais la comtesse pinça cependant les lèvres lorsqu'Anastasia et le roi s'éloignèrent.

La jeune fille regarda le capitaine Aznar. Il avait suivi toute la conversation et elle put lire une expression de satisfaction sur son visage.

Elle eut l'impression que le roi l'observait avec attention comme s'il supposait qu'elle avait eu un motif secret pour défier ainsi la comtesse.

Il restait un grand nombre de personnes avec lesquelles ils n'avaient pas encore bavardé, mais comme Anastasia commençait à avoir faim, le roi l'entraîna hors de la salle de réception.

– Je crois que c'est l'heure du déjeuner, dit-il. Puis-je vous féliciter? Vous avez été parfaite pour votre première épreuve.

– Vraiment? demanda Anastasia. Tout le monde était si gentil. J'ai du mal à croire que tous les compliments que l'on m'a adressés étaient sincères.

– Et pourquoi? demanda-t-il. Ai-je manqué à tous mes devoirs en ne vous disant pas que vous êtes très jolie. Beaucoup plus belle que je n'aurais pu l'imaginer.

En l'entendant répéter ses propres paroles, elle se mit à rougir en disant :

– J'ai tellement honte d'avoir parlé sans réfléchir!

– Cela vous arrive-t-il souvent?

– Presque toujours! avoua-t-elle. Vous sembliez si différent de ce que j'avais supposé que je n'ai pu dissimuler ma surprise.

– Comment me trouvez-vous, alors? demanda-t-il avec curiosité.

Elle le regarda mieux encore et pensa qu'elle n'avait jamais rencontré un homme plus séduisant.

Il avait les traits réguliers, comme l'indiquait le portrait qu'elle avait vu dans le journal, en Angleterre. Son nez pouvait être romain ou grec, mais son large front trahissait d'autres origines.

Il avait le regard vif et brillant d'un pirate ou d'un aventurier, d'un homme qui observe le monde avec curiosité et avec le désir de tout en connaître! La nuance d'ironie qui pétillait dans son expression n'échappa pas à Anastasia.

Il ne correspondait à aucun type connu et le contraste entre sa large carrure et la finesse de son visage le rendait réellement très séduisant.

– Eh bien? demanda le roi, interrompant le cours de ses pensées. J'attends vos remarques et je suis impatient!

– Il n'y a aucune raison, assura Anastasia. Je pense que vous avez vraiment la prestance d'un monarque. Alexandre est-il de vos ancêtres?

– Le Grand? demanda le roi. Me voyez-vous conquérant le monde?

– Je crois que le monde peut avoir une signification différente pour chacun de nous, répondit Anastasia. Ce peut être aussi bien une maison et un jardin qu'un demi-continent!

Elle s'arrêta, surprise de son audace, puis reprit :

– Et il s'agit tantôt de conquérir et tantôt d'être conquis!

Le roi eut l'air surpris, mais avant qu'il ait pu répliquer ils étaient arrivés dans la salle du banquet officiel.

5

– Vous êtes prête maintenant, je vais aller mettre ma tiare, dit la grande duchesse.

Anastasia ne put répondre car, à ce moment-là, Olivia lui passait sa robe de mariée. Quand elle l'eut enfilée, elle répondit :

– Oui, allez-y maman. Je ne veux pas être en retard.

– Vous ne voulez certainement pas être trop en avance non plus! répliqua la grande duchesse, qui aimait avoir toujours le dernier mot.

Elle sortit et Anastasia resta immobile tandis qu'Olivia boutonnait le dos de sa robe.

Elle s'admira dans un miroir et se dit que le prix qu'avait coûté cette robe, choisie avec sa mère, était amplement justifié par sa splendeur.

Le corsage de satin était brodé et incrusté de paillettes, et la jupe était ornée de trois rangées de volants de dentelle de Honiton, de rameaux de fleurs d'oranger et de myrte sur lesquels scintillaient des perles semblables à des gouttes de rosée. D'autres fleurs d'oranger dessinaient la courbe des épaules blanches d'Anastasia.

La longue traîne, qui devait être fixée au dernier moment, était étalée sur le lit. Bordée d'hermine et incrustée elle aussi de paillettes, elle était magnifique. Anastasia espérait que les quatre pages qui devaient la tenir seraient capables de supporter son poids car elle savait qu'elle était fort lourde.

– Vous êtes très belle, Votre Altesse Royale! murmura Olivia.

Elles étaient restées seules après le départ de l'autre femme de chambre qui avait aidé Anastasia à s'habiller avant d'aller préparer le bouquet.

– J'espère que ce sera l'avis de la foule qui s'est rassemblée dehors, répliqua Anastasia.

– On parle déjà de vous comme de la reine qu'on attend depuis longtemps... répondit Olivia. Toute la ville raconte comment vous avez rajouté des œillets rouges à votre bouquet hier après-midi.

Anastasia se mit à sourire.

Elle était heureuse de penser qu'elle avait réussi à se sortir d'une situation embarrassante.

Elle s'était rendue avec le roi, sa mère et un grand nombre de fonctionnaires à la Chancellerie pour assister au corso fleuri.

Anastasia, pensant que le roi devait être mécontent qu'elle ait repoussé l'invitation de la comtesse, faisait de son mieux pour se montrer charmante et spirituelle.

Elle espérait que Maximilien ignorait les soupçons qu'elle avait conçus sur ses relations avec l'ambassadrice de France, et qu'il ne supposait pas qu'elle cachait d'autres raisons que celles qu'elle avait invoquées pour rester en territoire mauronien lors du défilé.

Elle avait appris, par la suite, que le capitaine Aznar était ravi de sa réaction. Elle aurait cependant voulu lui demander de ne pas en parler, mais elle n'avait pas trouvé l'occasion d'avoir une conversation privée avec lui.

Après le déjeuner officiel dans la grande salle du banquet, Anastasia n'avait eu qu'une demi-heure pour se reposer avant de se préparer pour aller à la Chancellerie avec le roi.

La grande duchesse avait pensé que les Mauroniens apprécieraient qu'Anastasia porte une robe à fond blanc pour faire son apparition au balcon.

– Il faut que vous ayez l'air d'une future mariée!

La robe qu'elle avait choisie était très élégante. Elle était blanche, avec une jupe légèrement froncée. Chaque fronce était retenue par un ruban du même bleu pâle que ceux qui ornaient son petit chapeau.

Elle était ravissante et paraissait très jeune lorsqu'elle descendit les marches du palais vers le roi qui l'attendait, entouré de ses courtisans.

Il lui baisa la main et elle ne sut définir l'expression qu'elle lut dans ses yeux. Elle espéra que c'était de l'admiration, mais elle n'en était pas sûre, car elle avait aperçu une moue ironique sur son visage.

– Etes-vous toujours aussi ponctuelle? lui demanda-t-il tout en se dirigeant vers leur voiture. J'avais pensé que j'aurais toujours à attendre ma fiancée et certainement aussi mon épouse!

– Sans doute en vous impatientant! dit Anastasia en riant. Je serai très attentive à ce que Votre Majesté n'ait pas à supporter ce genre de désagréments : j'en connais les dangers!

– Vous parlez comme si vous aviez l'expérience des hommes impatients, dit le roi.

– Maman m'a expliqué que mon père se mettait très en colère lorsque quelqu'un le faisait attendre, répondit Anastasia. C'est pourquoi j'ai également peur d'être trop ponctuelle et de ne trouver personne pour m'accueillir.

Ils arrivèrent à la voiture et à partir de ce moment-là les acclamations de la foule couvrirent leurs paroles.

La distance séparant la Chancellerie du palais n'était pas très longue mais Anastasia eut le temps d'être enivrée par les vivats et par les fleurs lancées dans la voiture comme lors de son arrivée.

Il y avait aussi une profusion de drapeaux anglais qui se mêlaient aux drapeaux mauroniens.

– Etes-vous toujours aussi chaleureusement acclamé dans votre capitale? demanda Anastasia au roi.

– Très rarement, répondit-il avec franchise. C'est vous qu'ils applaudissent.

– Pas moi seule, répondit Anastasia, mais nous deux puisque nous sommes ensemble.

Elle redoutait son ironie mais il commença par sourire avant de constater d'un ton moqueur :

– Vous dites toujours ce qu'il faut dire. Je ne peux

m'empêcher de penser que vous avez été bien entraînée!

– Ce n'est pas très flatteur, dit Anastasia d'un ton sérieux; autant dire que je suis un chien savant.

Maximilien se mit à rire et elle vit qu'il était surpris de son sens de la repartie.

Ils furent reçus avec solennité à la porte de la Chancellerie, un ancien bâtiment sombre et austère. On les escorta jusqu'à la salle du Conseil qui se trouvait à l'étage. C'était du balcon de cette pièce qu'ils devaient suivre le défilé.

A leur arrivée, une enfant – certainement la fille d'un des fonctionnaires présents – était venue offrir un bouquet à Anastasia. Elle l'avait pris, après avoir remercié de quelques mots l'enfant, et elle avait monté l'escalier en le tenant à la main.

Il y eut de nouvelles présentations dans la salle du Conseil, en particulier avec des femmes de fonctionnaires.

Au moment où les laquais ouvraient les grandes fenêtres qui donnaient sur le balcon, Anastasia perçut la voix du capitaine Aznar à côté d'elle.

– Ce sont les Français de Maurona, dit-il à voix basse, qui portent des œillets blancs. Pour les Espagnols, ce sont des rouges!

Anastasia regarda alors attentivement son bouquet.

Lorsque l'enfant le lui avait remis, elle avait remarqué qu'il était à dominante blanche. Mais maintenant seulement elle se rendait compte qu'il était composé uniquement d'œillets blancs.

Elle pensa « l'oublier » sur la table de la salle du Conseil, mais craignit qu'un courtisan scrupuleux le lui remette entre les mains.

Elle regarda autour d'elle et s'aperçut que d'autres femmes tenaient aussi des bouquets. Puis elle remarqua qu'une multitude de fleurs avaient été disposées sur toutes les tables de la pièce.

– Que vos fleurs sont belles! dit-elle en s'adressant à tous ceux qui l'entouraient. Je ne saurais dire quel réconfort elles apportent à quelqu'un qui a quitté le froid et la grisaille d'Angleterre.

Lorsqu'elle fut près de la table, elle se tcurna pour sourire à la femme qui était à ses côtés et dit :

– Je me réjouis tant à l'idée de visiter vos distilleries. On m'a parlé des senteurs délicieuses des parfums fabriqués à Sergei.

– Nous espérons vivement que vous les apprécierez, madame, répondit la femme.

Anastasia observa encore cette profusion de fleurs et remarqua que les bouquets étaient presque entièrement composés d'œillets rouges.

– Je me demande, dit-elle sur un ton presque confidentiel à sa voisine, si je ne pourrais pas prendre aussi quelques-uns de ces magnifiques œillets rouges? Ils dégagent un tel parfum!

Sans attendre la réponse, elle prit une pleine poignée d'œillets et les disposa harmonieusement dans son bouquet.

– N'est-ce pas charmant, madame? fit remarquer une autre femme qui se tenait près d'elle. Nous sommes tellement ravis que vous aimiez nos fleurs.

– Elles sont aussi belles que votre pays, dit Anastasia, et votre pays est merveilleux!

Les fenêtres du balcon étaient maintenant grandes ouvertes. Anastasia se retourna pour rejoindre le roi qui ne l'avait pas suivie lorsqu'elle s'était avancée pour contempler les fleurs.

Il jeta un coup d'œil au bouquet, blanc et rouge, qu'elle tenait et, s'il en comprit la signification, il n'en laissa rien paraître.

Dehors, la foule, elle, apprécia son geste à sa juste valeur.

Lorsqu'Anastasia monta sur la petite estrade qu'on avait placée sur le balcon et sur laquelle se trouvaient deux chaises, une rumeur de liesse s'éleva.

Ce furent tout d'abord les mêmes acclamations que celles qu'elle avait entendues sur le chemin du palais à la Chancellerie. Puis, comme par magie, du rouge apparut de toutes parts, des drapeaux, des mouchoirs, des cravates et des foulards rouges furent agités, et ceux qui les agitaient semblaient crier plus fort que les autres.

Anastasia et le roi répondaient aux acclamations par des signes de la main. Dès qu'ils furent installés au balcon, le cortège défila sous leurs yeux.

Il y avait des chars et des voitures de toutes sortes, des charrettes tirées par des hommes qui avaient pris la place des habituels chevaux. De jolies filles vêtues du costume traditionnel de Maurona étaient assises sous des arches de coquillages géants, des étoiles et des cœurs faits de fleurs. Le cortège se terminait par des voitures remplies d'hommes et de femmes déguisés pour la bataille.

On lançait des fleurs de toutes parts et l'air était chargé de leur parfum.

Tout se passait dans la gaieté.

Lorsqu'Anastasia quitta la Chancellerie, elle fit à tous de chaleureux adieux.

– Je me suis plus amusée que je ne saurais l'exprimer!

– Cela vous a-t-il plu? demanda le roi lorsqu'ils eurent regagné leur voiture.

– Il est triste de penser qu'il faudra attendre encore un an avant de revoir pareil spectacle, dit-elle. Que vont faire les gens, ce soir?

– Ils vont danser, boire et organiser des feux d'artifice, répondit le roi.

Anastasia soupira.

– Quelle chance ils ont! J'aimerais tellement aller danser!

– J'ai bien peur que ce soit impossible, dit le roi.

– Et si nous nous déguisions? suggéra Anastasia.

– Je ne crois pas que votre mère approuverait cette initiative!

– Vous avez sûrement raison, reconnut Anastasia à contrecœur. Pourquoi le peuple a-t-il plus d'occasions de s'amuser que nous?

– Vous croyez cela? demanda Maximilien. En fait, ils travaillent dur presque toute l'année pour ces quelques heures de joie.

– Comme nous, si nous voulons remplir correctement notre rôle de gouvernants.

– Et quelle sera votre tâche, demanda-t-il; en dehors de l'obligation d'assister aux cérémonies officielles comme l'inauguration d'un hôtel de ville ou la visite d'un hôpital?

Elle avait le sentiment qu'il parlait délibérément sur un ton ironique, et elle répondit :

– Je ne peux pas croire que ce soient vos seules activités! Mais tout d'abord, je dois apprendre à connaître la population et à la comprendre.

– Pensez-vous que cela sera facile? demanda le roi.

– Pourquoi pas? répondit Anastasia enthousiaste. J'ai la conviction que tous les êtres humains, quelle que soit la classe à laquelle ils appartiennent, ont quelque chose en commun! Même s'ils ont des soucis et des problèmes différents, ils recherchent tous le bonheur.

Alors qu'ils approchaient du palais, le souverain se pencha vers elle pour murmurer :

– Vous êtes très différente de ce que j'imaginais.

– Vous vous attendiez à voir quelqu'un de hautain et d'autoritaire, dénué d'intelligence?

Les propos du Premier ministre lui revinrent à l'esprit et elle ajouta :

– Et, bien sûr, avec des dents saillantes!

Le roi se mit à rire.

– Vous ai-je dit que vos dents ressemblaient à des perles?

– Ce compliment semble sortir d'un roman que maman ne m'autoriserait pas à lire, dit-elle. Mais je suis ravie de l'accepter.

– On a déjà dû vous faire tant de compliments en Angleterre! dit Maximilien.

– Assez peu en vérité, répondit Anastasia. C'est pourquoi j'en suis avide.

Le roi rit doucement. Mais comme ils arrivaient au palais, ils n'eurent pas le loisir de poursuivre cette conversation. Le mariage devant avoir lieu le lendemain, Anastasia ne fut pas autorisée à dîner avec son futur époux. Elle se retrouva donc seule avec sa mère.

La grande duchesse profita de cette occasion pour lui faire ses ultimes recommandations en ce qui concernait ses devoirs de reine et le maintien qu'elle devait avoir.

– Essayez d'agir avec plus de circonspection, Anastasia, la pria-t-elle. Vous savez bien que vous êtes impulsive de nature et que vous avez l'habitude de parler sans réfléchir aux conséquences de vos propos. Ce n'est pas ce que l'on attend d'une reine.

– J'essaierai de réfléchir avant de parler, maman, promit Anastasia.

Mais tout en répondant à sa mère, elle pensait à la comtesse Le Granmont et se demandait si le roi irait la voir pendant la soirée...

Elle ne pouvait s'empêcher d'être triste car elle avait trouvé sa rivale à la fois séduisante et bien différente d'elle. Elle comprenait qu'un homme puisse trouver du charme à ses prunelles sombres et à ses lèvres sensuelles.

Anastasia s'imagina Maximilien se penchant pour les embrasser et elle fut effleurée par l'idée que son mariage était peut-être déjà un échec. Qu'avait-elle, en comparaison de la comtesse, à offrir à un homme?

Le roi et la comtesse allaient bien ensemble. Ils avaient tous deux l'expérience du monde, alors qu'elle n'était qu'une petite fille ignorante et qui connaissait peu de choses en dehors de Hampton Court Palace.

Elle eut l'envie soudaine de se jeter dans les bras de sa mère, et de lui demander aide et protection.

Mais elle savait que la grande duchesse ne la comprendrait pas et se contenterait de lui répéter les mêmes arguments. « Tout ce qu'on m'a dit, pensa Anastasia, c'est que mon devoir est d'obéir au roi et de fermer les yeux sur ce que je ne dois pas voir. »

Elle ne pouvait s'empêcher de se rappeler la façon dont la comtesse avait regardé Maximilien et la voix caressante avec laquelle elle lui avait parlé.

« Elle l'aime et il l'aime! »

Anastasia en était convaincue. Cette idée la désolait...

Elle alla s'asseoir devant la coiffeuse pour qu'Olivia lui arrange sa coiffure et son voile, et laissa échapper :

– J'ai l'impression d'évoluer dans un rêve et que tout cela est trop beau pour être vrai!

Olivia souleva la magnifique couronne qu'Anastasia allait porter. Elle était ornée de diamants en forme de fleurs et de feuilles d'or ciselées de manière telle qu'ils pouvaient s'agiter au moindre mouvement de la tête.

Olivia regarda alors par-dessus son épaule pour s'assurer qu'elles étaient bien seules, puis dit à voix basse :

– Il faut que je parle à Votre Altesse Royale.

Anastasia fut intriguée par son ton pressant.

– Qu'y a-t-il? demanda-t-elle.

– Je ne l'ai pas dit plus tôt à Votre Altesse Royale, mais le jeune homme avec qui je dois me marier travaille à l'ambassade de France.

Anastasia ne répondit pas mais leva lentement les yeux vers le visage de sa femme de chambre.

– Quand je suis partie pour l'Angleterre, Votre Altesse Royale, Pedro était second valet de Son Excellence l'ambassadeur de France. Quand je suis revenue, il avait été promu premier valet.

Anastasia attendait toujours.

– Il est alors parti avec Son Excellence à Marseille, continua Olivia, et il vient juste de rentrer. Il m'a dit que des réunions secrètes avaient eu lieu avec des fonctionnaires venus tout exprès de Paris.

– Pedro connaît-il l'objet de ces réunions? demanda Anastasia.

– Non, Votre Altesse Royale, mais il a le sentiment qu'elles concernent notre pays.

– Qu'est-ce qui le lui fait croire? demanda Anastasia.

– Depuis un mois, il entend courir des bruits sans importance en eux-mêmes mais qui, réunis, représentent un danger pour Maurona.

– De quelle nature serait ce danger, d'après vous? demanda Anastasia.

Olivia prit une inspiration :

– La France veut annexer Maurona, Votre Altesse Royale. Pedro en est convaincu.

Anastasia se tourna pour se regarder dans le miroir.

Elle put y voir son visage pâle et grave et, derrière elle, le regard inquiet d'Olivia.

– Il faut en être absolument sûr, dit Anastasia après quelques instants.

– Pedro le sait, Votre Altesse Royale, mais il est persuadé que rien ne se produira avant que le navire britannique qui vous a amenée ne quitte le port.

– Mais, c'est ce soir! s'exclama Anastasia.

– Ce soir? répéta Olivia.

– Oui, répondit Anastasia. La grande duchesse va repartir juste après la cérémonie. Le capitaine du navire n'est pas satisfait des réparations faites à Gibraltar et il veut faire escale à Marseille. Il a été prévu que la grande duchesse continuerait alors son voyage en train.

Olivia ne répondit pas et Anastasia continua :

– Demandez à votre fiancé s'il n'a pas d'autres renseignements et tenez-moi au courant!

Tout en disant cela, elle se demandait ce qu'elle pourrait faire si les informations de Pedro étaient exactes. Elle se mit alors à penser que le capitaine Aznar pourrait sûrement l'aider.

– Il y a autre chose, Votre Altesse Royale, dit Olivia, mais je ne sais pas si je peux vous le dire...

– Vous savez que tout ce qui concerne l'avenir de notre pays me concerne, dit Anastasia. Comme je vous en ai déjà priée à bord du « Warrior », dites-moi tout ce que vous savez.

Olivia baissa les yeux sur la couronne qu'elle tenait à la main.

– C'est seulement ce que des domestiques de l'ambassade ont rapporté à Pedro... La comtesse Le Granmont serait allée hier soir au palais rendre visite à Sa Majesté !

Anastasia trembla légèrement.

– Où se sont-ils rencontrés?

– Dans le salon privé de Sa Majesté. On peut y accéder directement par une porte qui donne sur les jardins, c'est un endroit où personne ne vient jamais. La comtesse pénètre dans les jardins par une porte dérobée dont le roi seul possède la clé.

– Merci de m'avoir prévenue, dit Anastasia d'une voix calme. J'espère, Olivia, que vous pourrez voir votre fiancé après la cérémonie.

– Je vais essayer, Votre Altesse Royale, répondit Olivia, mais...

Elle fut interrompue par la grande duchesse qui revenait de sa chambre.

– Vous n'êtes pas encore prête, Anastasia? demanda-t-elle sur un ton de reproche. Le temps passe. Vous devriez être habillée maintenant.

Il ne reste plus que ma couronne et mon voile à poser, maman, répondit Anastasia.

Elle avait choisi de porter un voile de dentelle de Honiton devant le visage, comme la fille aînée de la reine Victoria en portait un le jour de son mariage avec le prince Frederick de Prusse. Cet arrangement était particulièrement seyant et les diamants posés sur ses cheveux la faisaient ressembler à une étoile scintillant à la tombée de la nuit.

Elle enfila ses gants de dentelle, prit le bouquet

qu'on lui avait apporté et fut soulagée de voir qu'il n'était pas composé d'œillets mais d'orchidées blanches.

Enfin, lorsque la traîne fut mise en place les pages entrèrent pour la soulever; comme le père d'Anastasia n'était plus là pour lui donner le bras, sir Frederick Falkland, l'ambassadeur d'Angleterre, l'accompagna.

La grande duchesse partit devant eux dans un coupé et Anastasia et sir Frederick montèrent dans un magnifique carrosse aux armes de la couronne royale dont les larges fenêtres permettaient à la foule de les apercevoir.

Il était tiré par quatre chevaux blancs et escorté par un escadron de la cavalerie de Maurona. Anastasia avait l'impression de se trouver au milieu d'un décor de roman illustré.

Les rues étaient bordées de soldats et la foule semblait encore plus dense que la veille. On voyait partout des drapeaux anglais, ce qui fit dire à l'ambassadeur d'Angleterre :

– On vous fait une réception très chaleureuse, madame, on sent bien que les Anglais sont aimés, ici! Je suis sûr que Sa Majesté sera ravie du compte rendu que je lui ferai sur l'enthousiasme de l'accueil populaire.

– On a le sentiment d'un peuple heureux, répliqua Anastasia. Espérons qu'il le restera!

– Cela peut dépendre de vous, madame, fit remarquer l'ambassadeur.

– J'espère avoir le temps de mettre le pays en confiance avant qu'il n'arrive quoi que ce soit, dit pensivement Anastasia.

Elle avait parlé sans réfléchir.

– Que croyez-vous qu'il puisse arriver? demanda sir Frederick brusquement. Qu'est-ce qui vous fait penser qu'il puisse y avoir des troubles?

Anastasia s'en voulait de s'être trahie. Ce n'était pas le moment d'exprimer ses craintes à sir Frederick et de plus, elle avait le sentiment qu'il ne pourrait pas être d'une grande efficacité dans le cas d'un conflit avec les Français.

Elle voyait que l'ambassadeur attendait qu'elle lui en dise un peu plus, mais elle répondit évasivement :

– Presque tous les pays connaissent des difficultés, sir Frederick, même le nôtre, je suis un peu anxieuse à l'idée qu'il puisse y avoir des troubles ici avant que je n'aie eu le temps de m'installer.

– Je comprends cela, madame, répondit sir Frederick rassuré.

Et Anastasia s'efforça de mesurer ses paroles jusqu'à leur arrivée dans la cathédrale.

Les acclamations étaient si fortes qu'on entendait à peine les cloches qui sonnaient partout à toute volée. Par contraste, le calme et la solennité de la cathédrale impressionnèrent la jeune épousée.

Les pages se placèrent derrière Anastasia. Comme elle n'avait pas d'amies à Maurona, une seule dame d'honneur se plaça à côté d'elle : la fille du Premier ministre.

C'était une jolie brune, charmante dans sa robe rose, et elle tenait à la main un bouquet de fleurs rares dont on faisait un parfum réputé à Sergei.

Anastasia remonta lentement l'allée centrale, précédée de l'archevêque qui l'avait accueillie à l'entrée et d'autres membres du clergé vêtus de magnifiques vêtements brodés.

Lorsqu'elle passa devant les invités, les femmes lui firent la révérence mais, conformément aux instructions de sa mère, Anastasia garda la tête baissée.

C'est seulement lorsqu'elle fut arrivée près du chœur qu'elle leva les yeux pour regarder les invités royaux qui étaient assis de chaque côté. On lui en avait montré la liste mais elle n'en avait encore rencontré aucun.

Elle vit alors le roi sur les marches de l'autel.

Il était encore plus resplendissant que la veille : il portait un habit militaire qui lui allait si bien qu'Anastasia pensa qu'il était non seulement l'homme le plus charmant, mais aussi le plus beau qu'elle ait jamais vu. Puis il lui vint à l'esprit que la comtesse Le Granmont le regardait sûrement elle aussi et qu'il pensait peut-être à elle...

Quand ils s'agenouillèrent l'un près de l'autre et que l'archevêque les bénit, Anastasia pria :

« Je vous prie, mon Dieu... de m'aider à rendre le roi heureux... je sais que ce ne sera pas facile... mais j'essaierai d'être bonne... aussi aidez-moi... je vous en prie, aidez-moi ! »

Dans le carrosse royal qui les ramenait très lentement de la cathédrale jusqu'au palais, tout en faisant des signes de la main à la foule, Maximilien murmura :

– Cette bénédiction, quelle épreuve Anastasia!

– Cela vous a donc été tellement pénible? dit Anastasia consternée.

– En vérité, j'ai trouvé cette cérémonie bien ennuyeuse! répondit le roi.

– J'en suis désolée, dit-elle d'une voix mal assurée.

– Mais pourquoi? Il ne faut pas vous plaindre! Le jour de votre mariage ne doit-il pas être un moment unique?

Son ton était cynique, mais lorsqu'il remarqua l'expression navrée d'Anastasia, il lui prit la main :

– Pardonnez-moi, lui dit-il sur un ton tout à fait différent. Je voudrais que vous soyez heureuse. J'oublie parfois que vous êtes si jeune, que tout est nouveau pour vous et sans doute très plaisant.

– Certes... répondit Anastasia sans savoir si elle pensait à la cérémonie ou à la sensation que la main du roi posée sur la sienne faisait naître en elle.

Le repas qui fut donné au palais parut interminable. Les plats se succédaient sans interruption et les verres ne désemplissaient pas; Anastasia commençait à se sentir un peu lasse. La couronne de diamants pesait sur sa tête et elle étouffait.

Elle savait pourtant qu'elle devait se montrer à la hauteur pour plaire aux invités royaux qui étaient venus de si loin pour assister à la cérémonie.

Il était facile de charmer les hommes, mais elle avait le sentiment que les reines et les princesses la regardaient d'un air un peu supérieur, comme si elles la trouvaient trop jeune pour prendre place parmi elles. Peut-être n'était-ce qu'une impression qui venait de ce qu'elle se sentait plus tendue qu'elle ne l'avait jamais été.

Il y eut de longs discours, exclusivement en français, auxquels le roi dut répondre.

Anastasia fut rassurée par la brièveté de ses interventions et vit avec plaisir qu'il réussissait à faire rire l'assemblée.

Il dit combien il souhaitait à tous la bienvenue en ce jour qui était le plus merveilleux de sa vie, celui où il épousait une femme à la fois belle et spirituelle et qu'il remerciait le destin du présent qu'il lui faisait.

« Il ne croit pas un mot de ce qu'il dit », pensa Anastasia.

Malgré elle, son regard se dirigea vers la table des représentants diplomatiques des différents pays.

Elle vit la comtesse Le Granmont; il aurait d'ailleurs été impossible de ne pas la remarquer, même au milieu d'une assemblée encore plus dense.

Elle portait une robe vert émeraude, plus large et plus sophistiquée que celles qu'avaient revêtues toutes les autres invitées. Sa tiare était la plus haute et la plus impressionnante et les émeraudes et les diamants qu'elle portait autour du cou et des poignets surpassaient presque en éclat toutes les autres parures.

Mais ce n'était pas la somptuosité de sa toilette qui attira le regard d'Anastasia : c'était l'éclat de son visage.

« Elle est fascinante! conclut-elle avec tristesse. Et elle l'est plus que je ne pourrais jamais le devenir! »

Elle voyait la comtesse s'agiter en parlant, les yeux brillants, et elle comprenait l'effet qu'elle pouvait produire sur les diplomates qui la connaissaient pourtant bien.

Elle se demanda si le roi la regardait, et bien qu'elle pût constater qu'il n'en était rien, elle ne put s'empêcher de penser qu'il remarquerait forcément un personnage aussi extraordinaire, même s'il n'en avait pas l'intention.

Quand le repas fut terminé, il y eut une réception dans la galerie des Glaces à laquelle un plus grand nombre de personnes avaient été conviées.

Il y avait un gâteau de mariage à six étages et du champagne en abondance. Un orchestre jouait discrètement.

Anastasia parlait avec les invités, mais ces visages qui défilaient devant elle la laissaient indifférente.

Le capitaine Aznar lui tendit soudain un verre de champagne.

– J'ai l'impression que vous en avez besoin, madame.

– Merci, répondit Anastasia d'un ton reconnaissant.

Trois fois pendant la réception, Anastasia et le roi se montrèrent au balcon du palais pour saluer la foule. Puis après la réception qui lui sembla avoir duré des heures, la nouvelle reine dut faire ses adieux à sa mère.

La grande duchesse ne devait heureusement pas voyager seule car plusieurs invités royaux étaient heureux de profiter du « H.M.S. Warrior » pour rentrer en Angleterre plus rapidement.

– Au revoir, maman chérie, dit Anastasia chaleureusement.

– Au revoir, chère enfant, répondit la grande duchesse. Ce fut un très beau jour. Mon seul regret est que votre père n'ait pas été là pour vous voir ici et rencontrer votre mari !

– Je suis sûre qu'il aurait été heureux, maman.

La grande duchesse et les autres voyageurs sortirent par une petite porte derrière le palais pour éviter la foule. Anastasia et le roi leur firent des signes d'adieu jusqu'à ce que la voiture ait disparu.

En retournant vers la grande salle avec son mari, Anastasia se sentit pour la première fois très seule comme si son dernier lien avec l'Angleterre venait d'être tranché. Il ne lui restait plus personne, maintenant, sur qui s'appuyer, personne pour la guider, à moins que son mari...

Elle regarda Maximilien avec anxiété.

– Etes-vous fatiguée? demanda-t-il. Désirez-vous vous reposer? Je dois encore faire de nombreux adieux avant d'être libéré de tous mes devoirs.

– Si personne n'y voit une atteinte au protocole, dit Anastasia, j'aimerais bien me débarrasser de ma couronne qui est si lourde!

– Comme je suis négligent! s'excusa le roi. J'aurais dû pourtant me rappeler que ma mère se plaignait toujours que son poids lui donnait la migraine. Vous auriez peut-être pu l'échanger contre une autre, plus légère.

– C'est trop tard maintenant, dit Anastasia en souriant. Mais si vous êtes sûr que mon absence ne choquera personne, je monterais bien un moment dans ma chambre.

– Je vous rejoindrai dès que je le pourrai, dit Maximilien. Merci Anastasia d'avoir été si aimable avec tout le monde.

Il lui prit la main qu'il baisa alors que le capitaine Aznar arrivait près d'elle pour la conduire à sa chambre.

Quand elle fut sûre que les serviteurs ne pouvaient plus entendre, elle demanda :

– Me suis-je conduite comme il faut?

– Vous le savez bien, madame! Vous avez été absolument merveilleuse!

Après avoir gravi quelques marches, il dit :

– Votre geste d'hier – pour le bouquet – a beaucoup

touché la population. Les journaux ne parlent que de cela!

– J'ai peur de ne pas avoir le temps de les lire, dit Anastasia.

– Ce n'est pas surprenant, répondit-il, mais les gens ont senti que vous vous intéressiez à eux. C'est exactement ce que j'avais espéré de votre part.

– Je vous dois tellement!

Elle vit une expression de plaisir dans le regard du capitaine puis elle lui souhaita le bonsoir et se retira dans sa chambre où l'attendait Olivia. C'est avec soulagement qu'Anastasia s'assit pour qu'elle lui enlève la couronne.

Elle regarda alors une petite horloge d'or placée sur sa coiffeuse, et s'aperçut qu'il était beaucoup plus tard qu'elle ne le pensait.

– Votre Majesté désire-t-elle boire ou manger quelque chose? lui demanda Olivia.

Anastasia hocha la tête.

– Je ne pourrais plus rien avaler, répondit-elle. Ce repas m'a paru interminable.

– Habituellement, lorsqu'il est seul, répondit Olivia, Sa Majesté mange très rapidement et se contente d'un petit nombre de plats.

– Je ne peux que l'en féliciter, fit remarquer Anastasia.

– Désirez-vous vous mettre au lit, Votre Majesté? demanda Olivia.

– Je vais me déshabiller, répondit Anastasia. Très peu d'invités sont déjà partis, et j'ai l'impression que le roi ne pourra pas se libérer avant longtemps.

– Je dirais au moins une heure, répondit Olivia. Votre Majesté a eu une journée harassante, mais vous êtes si belle! Bien plus belle qu'aucune femme de Maurona...

Anastasia prit un bain puis enfila une des magnifiques chemises de nuit ornées de dentelle qu'elle avait achetées avec sa mère dans Bond Street.

Elle mit par dessus une robe de chambre de satin

bleu pâle dont les larges manches étaient bordées de molleton. Avec ses cheveux clairs et ses grands yeux bleus, elle ressemblait à un ange tombé du ciel.

Il était plus de onze heures et demie lorsque Olivia la quitta, mais Anastasia ne se mit pas au lit. Elle alla s'asseoir dans un fauteuil profond près de la cheminée.

Il avait fait chaud pendant la journée, mais à présent on sentait l'air frais venu des montagnes enneigées.

Son regard se perdit dans les flammes, et minuit sonna à la pendule quand s'ouvrit la porte qui communiquait avec la suite du roi.

Il avait quitté ses vêtements d'apparat et portait une longue robe de chambre qui lui descendait jusqu'aux pieds, avec un col de velours.

Il referma la porte derrière lui et s'avança vers la cheminée.

– Pas encore au lit, Anastasia? demanda-t-il. Je pensais que vous seriez épuisée après une telle journée!

– Je suis fatiguée, répondit-elle, mais je voudrais... vous... parler.

Maximilien eut un sourire.

– N'est-il pas un peu tard pour parler?

– Pas pour ce que je... voudrais... vous dire, répondit Anastasia.

Il la regarda et elle eut l'impression qu'il essayait de scruter son visage pour connaître ses pensées secrètes.

Il s'installa alors dans un fauteuil en face d'elle.

La lumière des flammes se reflétait sur les cheveux d'Anastasia et éclairait son petit visage grave.

Des chandeliers jetaient une aura de lumière sur le grand lit à baldaquin.

– Nous n'avons pas eu l'occasion d'être seuls jusqu'à maintenant, dit le roi comme Anastasia ne se décidait pas à parler. Je suis réellement désolé que la tempête vous ait retardée, et que nous n'ayons pas eu le temps de mieux nous connaître avant notre mariage!...

Il s'arrêta quelques instants puis reprit :

– Puis-je vous dire combien je suis heureux que vous soyez ma femme? J'ai le sentiment, Anastasia, que nous avons beaucoup d'années de bonheur devant nous.

La jeune femme retint son souffle, puis commença d'une petite voix :

– Vous ne serez pas... fâché... si je vous dis ce que je pense?

– Il me paraît très improbable que je puisse me fâcher contre vous, répondit le roi.

– Vous ne pouvez pas en être sûr avant d'avoir... entendu ce que je veux vous... dire.

– Je ne vois pas du tout de quoi vous désirez me parler, dit-il, mais si cela peut vous rassurer, je vous promets de ne pas me fâcher!

Anastasia le fixa de ses yeux très bleus, éclairés par les flammes.

– Je pense, dit-elle d'une voix hésitante, que vous trouveriez normal... ce soir.. maintenant que nous sommes mariés... de faire l'amour avec moi...

– C'est en effet l'usage entre un homme et une femme nouvellement mariés.

– Je ne sais pas, parce que maman n'a pas voulu... me dire, continua Anastasia, ce qui se passe entre un homme et son... épouse. Mais en ce qui nous concerne... je crois que ce serait une... erreur!

La surprise du roi était visible.

Alors qu'il était resté enfoncé dans son fauteuil pour regarder Anastasia, il se redressait maintenant et son visage était tout à fait sérieux.

– Pourquoi pensez-vous que ce serait une erreur? demanda-t-il.

– Parce que, répondit Anastasia, pour que deux personnes s'unissent ainsi... il faut qu'elles soient... amoureuses l'une de l'autre, non?

Le roi resta muet pendant quelques instants, puis répliqua :

– Nous n'avons pas eu le temps, Anastasia, de tomber amoureux.

– Je... je le sais, répondit la jeune femme et... comme je sais que vous... aimez quelqu'un d'autre, je ne... voudrais pas que vous... simuliez avec moi.

Le roi se raidit.

– Qui vous a parlé de ça? demanda-t-il brusquement.

Anastasia ne répondit pas et il dit :

– Si je savais que c'était une des personnes attachées à mon service – le capitaine Aznar par exemple – je la renverrais sur-le-champ!

– Non... non, le capitaine Aznar ne prendrait pas la liberté de parler d'une chose aussi intime, répondit Anastasia. Je savais que votre cœur était... pris, avant de quitter l'Angleterre.

– C'est absolument impossible! s'emporta le roi. Qui oserait le suggérer? Qui pourrait savoir?

– Là n'est pas le plus important, répondit Anastasia. Le fait est que je sais que vous... aimez quelqu'un.

– Et vous avez cependant accepté de m'épouser? demanda le roi.

– Je n'avais pas le choix. Enfin... ce n'est pas tout à fait vrai...

– Il y a quelqu'un d'autre qui aurait voulu se marier avec vous? demanda Maximilien.

– Oui, cela est vrai, admit Anastasia. Mais on ne nous y aurait pas autorisés et nous n'avions d'autre solution que la fuite.

– Et vous n'en avez pas eu le courage?

Une moue ironique se dessina sur les lèvres du roi.

– Si je l'avais réellement aimé, je l'aurais suivi, répondit Anastasia... sans m'inquiéter de la colère de maman et de celle de la reine... mais je ne l'aimais pas.

– Et lui, il vous aimait?

– Oui.
– N'avez-vous cependant pas été tentée de partir avec un homme qui vous aimait plutôt que de venir dans un pays inconnu vous marier avec un homme qui en aime une autre?
– J'y ai réfléchi, répondit Anastasia, mais comme j'étais sûre de ne pas aimer Christopher, j'ai pensé stupide de provoquer un tel scandale.
– Etes-vous tout à fait sûre de ne pas l'aimer? demanda le roi avec curiosité.
– Quand il a essayé de m'embrasser, je l'ai... repoussé car je n'en avais pas envie, expliqua Anastasia.
– Personne ne vous a jamais embrassée? demanda Maximilien incrédule.
Anastasia fit non de la tête.
– Non, et c'est pourquoi je ne voudrais pas que vous m'embrassiez en pensant... à... une autre.
– Je ne le ferai pas, dit le roi d'une voix grave. J'aimerais beaucoup vous embrasser, Anastasia, et je sais qu'à ce moment-là je ne penserais pas à quelqu'un d'autre.
– Vous ne pouvez en être sûr, répondit Anastasia, et moi... je crois que je... penserais à elle.
Le roi se leva, comme s'il lui était difficile de rester assis plus longtemps.
Il allait et venait à travers la pièce.
– Je vais vous parler franchement, Anastasia, dit-il après quelques instants. Jamais je n'aurais imaginé avoir une telle conversation avec vous le soir de nos noces. Je comprends que vous ayez voulu me faire part de vos désirs, mais il me semble indispensable que nous puissions avoir ce que l'on pourrait appeler une vie conjugale « normale ».
Il fit une pause puis continua :
– En m'unissant à vous, je ne penserai pas à quelqu'un d'autre, mais à vous et je souhaite que nous connaissions un jour ce moment de satisfaction et de bonheur incomparable!

Anastasia le regarda en ouvrant de grands yeux, puis elle continua :

– Je sais... bien peu de choses à ce sujet, mais on m'a parlé des jolies... femmes de Paris et on m'a dit que les hommes du monde, tels que vous et l'empereur, les fréquentaient et leur offraient de magnifiques cadeaux...

Elle fit une pause et après quelques instants, le roi ordonna :

– Continuez!

– Je ne... comprends pas... pourquoi on dépense tant d'argent pour ces femmes, mais je crois, peut-être à tort, que la différence entre ce qu'elles apportent à un homme et ce que je pourrais... apporter, c'est... l'amour.

Le roi restait silencieux, soudain immobile.

– Vous pouvez... rire de ce que je pense, continua Anastasia d'une voix inquiète, car sûrement... l'acte d'amour entre un homme et une femme a-t-il toujours été le même à travers les âges depuis Adam et Eve.

Le roi restant muet, elle poursuivit :

– C'est pourquoi... la différence... que je vois ne doit pas se situer sur le plan physique, mais sur le plan affectif. Ai-je tort...?

Il y eut un silence, comme si la question restait suspendue entre eux, puis Maximilien dit d'une voix très calme :

– Non, Anastasia. Vous avez raison! Mais je me demande comment vous avez pu arriver toute seule à ces conclusions.

– J'ai pensé à la façon dont l'amour avait inspiré tant de personnes dans le passé, répondit Anastasia. J'ai pensé à Hélène de Troie, aux chevaliers qui se battaient pour gagner les faveurs de leur bien-aimée et qui étaient prêts à mourir pour leur prouver leur amour.

Elle eut un petit geste nerveux de la main, puis reprit :

– J'ai pensé à Roméo et Juliette, à Dante et Béatrice, et à bien d'autres amants célèbres. Je suis convaincue que ce qui est important, ce qui peut rendre un mariage heureux, c'est... l'amour!

Le roi avait le regard fixé sur son visage et elle continua :

– Je vous prie de ne pas vous... fâcher... mais de comprendre. Ce que je vous... demande c'est de ne pas vouloir être... totalement mon... époux avant... que nous éprouvions, si c'est possible, de... l'amour l'un pour l'autre.

– Cela ne me fâche pas du tout! répondit le roi, je suis seulement surpris.

– J'ai le plus grand désir d'être une bonne reine, dit Anastasia, et je voudrais aussi être une bonne épouse... Je crois qu'il me sera possible... de vous aimer... lorsque je vous connaîtrai mieux.

Elle poussa un soupir, et lui dit :

– Mais vous... peut-être... ne m'aimerez-vous jamais?

Il y eut un long silence.

– Je crois que le temps seul peut apporter une réponse à vos interrogations, dit enfin Maximilien. Vous m'avez parlé avec tant de sensibilité et d'intelligence, Anastasia! On ne m'avait pas dit que vous aviez l'esprit si fin. Je ne m'y attendais pas.

– C'est très aimable de votre part de ne pas être... fâché.

– Je regrette sincèrement que vous ayez eu connaissance de mes écarts de conduite, continua le roi. C'est une chose qui n'aurait pas dû se produire.

Anastasia se mit à sourire.

– Tout le monde parle des rois! Je ne crois pas qu'avec la meilleure volonté du monde vous ayez pu garder secrètes vos affaires de cœur!

Le roi parut interloqué.

– Voulez-vous dire que tout ce que je fais est connu de tous?

– Les gens ne peuvent avoir de certitudes absolues, répondit Anastasia, mais ils bavardent. Si incroyables qu'ils paraissent les scandales sont commentés d'un pays à l'autre, par ceux qui aiment les commérages, particulièrement lorsqu'il s'agit de séduisants monarques!

Elle pensait à lady Walters et le roi rit un peu tristement.

– Je vois que j'avais sous-estimé ma propre importance. C'est pourtant quelque chose dont on m'a rarement accusé dans le passé!

Il fit une pause puis reprit :

– Si je prends en compte ce que vous venez juste de me dire, Anastasia, tout ce que nous allons faire ensemble maintenant sera connu et jugé dans tout Maurona.

– C'est vrai, acquiesça la jeune reine.

– Et c'est pourquoi, si j'accepte vos conditions et quitte votre chambre à cette heure pour aller dormir dans mon propre lit, ce sera sûrement un sujet de médisance, sinon un scandale, demain matin!

Anastasia le regarda d'un air interrogatif et il continua :

– Ce que je vous propose donc, c'est de rester ici pendant quelques heures au moins, en m'allongeant sur votre lit.

Il vit son trouble et ajouta rapidement :

– Vous pouvez avoir confiance en moi. Je vous donne ma parole, Anastasia, que je ne tenterai ni de vous embrasser ni de vous caresser – bien que j'en aie grande envie – avant que vous ne m'y invitiez. Cela vous rassure-t-il?

Anastasia essayait de réfléchir rapidement.

Elle se dit que si l'on pensait que le roi n'avait pas partagé sa couche, comme tout le monde s'y attendait, si l'on savait qu'il avait dormi dans sa propre chambre, il n'y aurait qu'une explication possible...

Tout Maurona penserait que son engouement pour la comtesse Le Granmont l'avait rendu aveugle aux charmes de sa femme.

Sa proposition était donc très ingénieuse.

– Vous avez raison, dit-elle. Quoi que nous fassions, nous ne devons pas laisser croire que notre mariage n'est pas consommé.

– Très bien, dit le roi, je ferai exactement ce que vous désirez, Anastasia. et j'espère qu'un jour vous serez amoureuse de moi!

Il lui sourit avec tant de grâce que, pendant un bref instant, elle eut envie d'avouer :

– Je crois que je vous aime déjà! Embrassez-moi je vous prie, je voudrais savoir si c'est aussi extraordinaire que je l'imagine!

Mais le souvenir des yeux sombres de la comtesse levés vers lui lui traversa l'esprit. Elle se rappela qu'ils avaient passé la nuit précédente ensemble. Elle imagina leurs étreintes et frissonna.

Le roi pouvait la trouver amusante. Il pourrait même la trouver aussi séduisante que les jolies femmes de Paris, mais ce n'était pas ce qu'elle voulait.

Elle voulait l'amour : l'amour dont avait parlé l'archevêque pendant le service religieux, l'idylle romantique dont il était question dans les livres, l'amour qui était une émanation divine...

– Merci d'être si... gentil et si... compréhensif, dit-elle en se levant du fauteuil pour se mettre debout face à lui.

Il était juste à un mètre d'elle et elle savait qu'il aurait été facile d'avancer vers lui et de se blottir dans ses bras. La sensation qu'elle éprouvait était toute différente de celle qu'elle avait ressentie face à Christopher.

Sans ses chaussures à talons elle se sentait toute petite à côté de lui.

– Vous êtes fatiguée, Anastasia. Il faut vous coucher, conseilla le roi. Mettez-vous dans votre lit, et je vais m'allonger un peu à côté de vous avant de regagner ma chambre.

Anastasia se dirigea vers leur couche nuptiale et pendant que le roi était occupé à remettre une bûche dans l'âtre, elle retira prestement sa robe de chambre et se mit sous les draps.

Il se retourna et elle lui sembla toute perdue dans ce grand lit à baldaquin, surmonté de la couronne de la reine.

– Je souffle les bougies? demanda-t-il.

– Oui, s'il vous plaît, répondit Anastasia.

Il souffla donc les bougies qui se trouvaient à côté d'elle puis fit le tour du lit pour éteindre toutes les lumières.

Il commença par s'asseoir puis posa sa tête sur l'oreiller et remonta la couverture en dentelle de Venise sur lui.

– Vous pouvez dormir, Anastasia, dit-il. Je suis tout à fait bien et je vais peut-être m'endormir aussi.

– Qu'allons-nous faire, demain? demanda-t-elle.

– Si vous le désirez, nous ferons une promenade le matin, dit-il. Nous pourrions prendre notre déjeuner dans mon pavillon de chasse qui se trouve à l'extérieur de la ville et puis nous reviendrons tranquillement en profitant de la campagne.

– Cela me plairait vraiment beaucoup! dit Anastasia. J'avais espéré que nous partirions peut-être en voyage de noces?

– Comme vous arriviez juste après un long périple répondit le roi, j'avais pensé que vous préféreriez prendre au moins deux jours de repos ici. Ensuite, j'ai prévu un séjour sur la côte dans une villa que je possède près de la frontière française. Elle est entourée de très grands jardins, merveilleux à cette époque de l'année.

– J'aimerais beaucoup y aller!

Elle ajouta d'un ton hésitant :

– Vous n'avez pas... peur de vous... ennuyer... seul avec moi?

Elle pensait à ce que faisaient les jeunes mariés pendant leur lune de miel.

– Si vous continuez à être aussi surprenante que

vous l'avez été jusqu'à présent, je suis sûr, Anastasia, que je ne m'ennuierai pas!

– J'en suis heureuse, dit-elle. Il n'y a rien qui m'effraie plus que l'idée de vous paraître insignifiante!

– Je ne crois pas que ce soit possible, répondit le roi, vous êtes si pleine de fantaisie.

L'intonation ironique n'échappa pas à Anastasia.

Il y eut un silence.

Puis elle dit d'une voix lente et ensommeillée :

– Sont-elles... très belles?

– Qui?

– Les femmes... à Paris?

Le roi réfléchit et dit :

– Elles sont comme de jolis jouets, aux couleurs brillantes. Elles sont faites d'une matière ordinaire mais possèdent des aimants qui attirent l'argent des hommes fortunés!

Anastasia ne répondait pas. Il se tourna vers elle : elle dormait!

A la lumière du feu, elle semblait bien jeune, innocente et vulnérable. Le roi resta un long moment à la contempler.

6

Quand Anastasia se réveilla, elle était seule.

Elle eut du mal à se souvenir immédiatement des événements de la veille au soir.

Puis elle se rappela qu'elle avait bavardé avec le roi, et qu'elle avait dû lutter contre le sommeil tandis que sa voix devenait de plus en plus lente. Elle avait dû s'endormir au milieu de leur conversation.

Elle tourna la tête. A la lumière des rayons du soleil qui filtraient dans la pièce de chaque côté des rideaux, elle pouvait voir que l'oreiller sur lequel il avait posé sa tête était froissé. Et en partant, il avait délibérément froissé les draps comme s'il avait passé toute la nuit dans ce lit.

« C'était une très bonne idée, jugea Anastasia, et cela suffira à tromper les domestiques du palais. »

Elle se demandait cependant si d'autres couples avaient déjà passé une telle nuit de noces!

Elle avait été soulagée de voir que le roi ne s'était pas fâché comme elle s'y attendait lorsqu'elle lui avait exprimé avec franchise ses sentiments.

Elle se trouvait maintenant dans le grand lit où tant d'autres reines avaient déjà dormi, et elle se demandait si elles s'étaient trouvées confrontées aux mêmes problèmes en soupçonnant l'attachement de leur mari pour une autre femme...

L'image de la comtesse Le Granmont lui revint à l'esprit; ses yeux sombres, enjôleurs, sa bouche si bien dessinée suggéraient beaucoup de sensualité, tout comme la grâce de son cou fin et de son corps souple.

« Elle a tellement de classe, elle est si sûre d'elle! » pensait Anastasia, tristement convaincue qu'elle-même était bien trop jeune et trop ignorante pour rivaliser avec elle.

Mais le roi avait été très gentil et plein de compréhension lors de leur conversation sur l'amour. Au plus profond d'elle-même, elle avait eu peur qu'il ne réfute ses arguments, non par des mots, mais en usant de ses droits d'époux.

Elle savait que, dans ce cas, elle n'aurait rien pu faire. Personne n'aurait pu venir à son aide.

Elle se demandait cependant si ses exigences légitimes auraient été si affreuses qu'elle se l'était figuré lorsqu'elle ne le connaissait pas encore et qu'elle l'imaginait dur, sévère et inhumain...

Il n'était en fait rien de tout cela.

Il était au contraire fascinant et Anastasia était sensible à son charme de séducteur bien qu'elle le trouvât encore quelque peu intimidant. Elle aurait aimé avoir plus d'expérience, car pensait-elle, elle aurait exactement su ce qu'elle devait faire avec un homme.

Mais que désirait-elle?

Il lui sembla qu'elle connaissait déjà la réponse à cette question : elle désirait que le roi tombe amoureux d'elle. Elle voulait supplanter dans son cœur la séduisante comtesse française.

Elle, sa femme, et alors... elle savait très bien qu'elle l'aimerait aussi.

Quand Olivia vint ouvrir les rideaux pour faire entrer le soleil dans la chambre, elle lui dit :

– J'ai appris que Votre Majesté partait en promenade ce matin. C'est une très belle journée et il fera chaud au soleil. Il serait cependant prudent d'emporter une veste légère ou un châle.

– Dois-je prendre mon petit déjeuner avec Sa Majesté? demanda Anastasia.

Elle était embarrassée d'avoir à poser cette question et se reprocha d'avoir oublié d'en parler avec le roi.

– Vous avez dormi tard, répondit Olivia, et je pense que Sa Majesté a déjà déjeuné.

– Dans ce cas, pouvez-vous m'apporter mon café ici? dit Anastasia.

Quand Olivia fut sortie, elle se leva et alla à la fenêtre pour admirer les jardins du palais.

« Que pense le roi ce matin? se demandait-elle. Se réjouit-il de la journée que nous allons passer ensemble ou bien préférerait-il être avec la comtesse Le Granmont? »

Elle eut cependant peu de temps pour s'appesantir sur ces réflexions, car lorsqu'Olivia fut de retour elle l'informa que le roi avait ordonné que la voiture soit prête dans une heure.

– Je ne dois pas le faire attendre, dit Anastasia rapidement.

Elle descendit cinq minutes avant l'heure convenue, mais Maximilien était déjà dehors en train de faire l'inspection des chevaux.

Lorsque son épouse arriva au bas de l'escalier, elle aperçut un cabriolet très élégant qui les attendait. Elle apprit plus tard que c'était un équipage à la mode que possédaient les hommes les plus chics de Paris. Le roi l'avait d'ailleurs acheté lors de sa dernière visite à la capitale française, mais le délai de livraison avait été assez long, et c'était la première fois qu'on l'utilisait.

Tiré par deux superbes chevaux noirs, il était peint en noir et jaune. Anastasia trouva qu'il était parfaitement assorti à son conducteur, car le roi lui-même était superbe.

Elle ne l'avait pas encore vu en tenue civile, et elle jugea qu'il était encore plus élégant – si cela était possible – qu'en uniforme.

Il se découvrit lorsqu'elle s'approcha de lui. Elle n'avait aucune idée de l'effet qu'elle pouvait produire dans la robe jaune pâle qu'Olivia et elle avaient choisie avec le plus grand soin. Elle était fort simple mais la jupe très large accentuait la finesse de sa taille et son chapeau, orné de boutons d'or avec leurs feuilles, était très original.

– Vous ressemblez à un rayon de soleil! fit remarquer le roi, tout en lui baisant la main.

Des laquais aidèrent Anastasia à monter dans le cabriolet et le souverain prit les guides.

Lorsqu'ils se furent un peu éloignés, Anastasia remarqua alors que deux soldats à cheval les suivaient à distance.

Le roi s'en expliqua :

– Nous sommes obligés d'être escortés, mais ils ne vont pas nous gêner. Ils resteront hors de notre vue autant que possible. Ils savent que je n'aime pas me sentir espionné.

– Cela doit, en effet, être parfois ennuyeux, répondit Anastasia.

Tout en parlant, elle se demandait si le roi savait que ses domestiques étaient au courant des visites nocturnes de la comtesse Le Granmont.

Il lui était impossible d'aller la voir: comment pourrait-il sortir du palais sans être accompagné?

Il tourna la tête pour lui sourire et elle oublia tout, sauf la joie qu'elle éprouvait d'être à ses côtés, avec la perspective qu'ils allaient avoir une journée entière à eux.

En quittant le palais, le roi prit une route qui conduisait vers les collines boisées, et serpentait entre les arbres. Au bout d'un certain temps Anastasia se retourna et put voir Sergei juste au-dessous d'eux.

Les maisons blanches, les arbres qui bordaient les rues et le bleu pur de la mer dans la baie formaient un ensemble admirable. Mais bientôt elle ne vit plus de maisons autour d'eux mais seulement des champs de vignes et d'œillets.

Tout en conduisant, le roi lui décrivait la vie à la campagne et elle se rendit compte qu'elle était au courant d'un grand nombre de difficultés et de problèmes qui touchaient à l'agriculture et auxquels se trouvaient confrontés les Mauroniens.

Les montagnes aux sommets enneigés semblaient se rapprocher et les habitations se faisaient plus rares. On voyait maintenant les premières fleurs sauvages.

Anastasia n'avait jamais imaginé que de si vastes étendues pouvaient évoquer un kaléidoscope – rose, bleu, jaune et blanc – les coquelicots rouge vif se mêlant aux orchidées sauvages rose pâle et aux gentianes bleues.

– C'est tellement beau! s'exclama-t-elle. Je ne comprends pas que tout le monde ne désire pas venir à Maurona, ne serait-ce que pour un séjour de vacances.

– Je crois que c'est quelque chose que nous pourrions envisager plus tard, dit le roi : attirer des touristes à Sergei n'est pas une mauvaise idée; c'est beaucoup plus beau que Nice, où l'on vient de tous les coins d'Europe, même d'Angleterre, en villégiature pendant la saison d'hiver.

Sans réfléchir, Anastasia répondit :

– La prospérité de Nice est peut-être un des motifs que l'empereur a de l'annexer?

– C'est tout à fait faux, répondit brusquement le roi. Qui vous a raconté de tels mensonges? L'empereur m'a lui-même assuré qu'il n'avait aucune prétention sur Nice, ce que je crois, comme je crois aussi qu'il n'est pas intéressé par Maurona!

Anastasia voulut lui faire remarquer qu'elle partageait son opinion, mais que d'autres personnes n'étaient pas de cet avis. Mais elle se dit qu'elle n'avait pas de preuves à avancer pour soutenir son argumentation.

Comme elle se taisait, le roi continua :

– Je sais très bien ce que votre secrétaire aux Affaires étrangères, lord John Russell, suppose. Les Espagnols émettent d'ailleurs les mêmes hypothèses. Mais l'empereur est mon ami et j'ai confiance en lui. Vous pouvez donc être sûre que ces calomnies sont propagées par les nations jalouses de la France!

– Je suis sûre que vous avez raison, dit Anastasia. Pourtant, la reine Victoria a souhaité notre mariage pour préserver l'indépendance de Maurona.

– Voilà qui est fait, répliqua le roi. C'est pourquoi il est inutile de s'obstiner à prêter aux Français de mauvaises intentions!

Il fit une pause puis ajouta sur un ton plus tendre :

– Un jour, je vous emmènerai à Paris. Vous rencontrerez mon ami l'empereur et sa très belle épouse, l'impératrice Eugénie. Vous serez alors convaincue que vos inquiétudes étaient vaines.

– Pardonnez-moi d'en avoir parlé, dit Anastasia.

– Je n'ai rien à vous pardonner, répondit-il. Il faut que nous puissions parler librement entre nous, Anastasia... comme vous l'avez fait la nuit dernière. Rien ne serait pire que d'avoir des secrets l'un pour l'autre.

Anastasia se sentit soudain bien coupable d'avoir

des secrets à son égard, d'avoir intrigué avec Olivia et demandé conseil au capitaine Aznar.

Mais elle pensa que ces secrets ne comptaient pas : si elle agissait ainsi, c'était dans l'intérêt de Maurona et du roi lui-même. Et il ne faisait pas de doute qu'il avait ses propres secrets en ce qui concernait la comtesse.

La simple idée de la fascination que pouvaient exercer les Françaises ne jetait-elle pas déjà une ombre sur leurs relations? Anastasia s'efforça donc de tout oublier pour essayer de distraire son époux.

Elle lui raconta son Noël à Windsor et le fit rire en lui décrivant la froideur du château, l'arrogance des courtisans et le mécontentement de la reine lorsqu'ils avaient fait trop de bruit en jouant aux cartes.

– C'est exactement ce que j'ai dû endurer du temps où mon père était vivant! dit le roi.

– Etait-il très attaché au protocole?

– Oui, de façon excessive, répondit-il. C'est à peine si l'on pouvait respirer sans sa permission, et il n'approuvait aucune initiative personnelle.

Elle s'aperçut, à ses intonations, qu'il en avait gardé un très mauvais souvenir. Elle lui dit, soudain passionnée par le sujet :

– La Cour ne doit plus ressembler à cela. Il faut que ceux qui ont du talent sachent qu'ils seront accueillis au palais. Je voudrais rencontrer des écrivains, des artistes, des musiciens! Je préfère m'entourer de gens de qualité, quelle que soit leur origine, plutôt que de m'attacher exclusivement aux quartiers de noblesse de mes hôtes.

– Je crois que vous êtes déjà trop intelligente, fit remarquer le roi.

– Trop intelligente? répéta Anastasia.

– Vous me faites peur, dit-il. Une belle femme n'a pas besoin d'avoir autant d'esprit.

– C'est une idée dépassée, vous le savez bien, répondit Anastasia. Si l'on en croit les journaux, il y a des femmes dans le monde entier qui commencent à faire entendre leurs opinions.

– Et qui les écoute? lui demanda le roi pour la taquiner.

– Un jour, vous y serez contraint! répondit Anastasia. Je sais que pour l'instant nous n'avons aucun droit, nous ne sommes qu'assujetties à nos époux. Mais je suis sûre qu'un jour nous aurons plus d'influence qu'aujourd'hui!

– Que Dieu vienne au secours des pauvres hommes! s'exclama Maximilien feignant le désespoir.

Puis redevenu sérieux, il demanda :

– Pourquoi n'êtes-vous pas satisfaite de n'être que ce que vous paraissez? Une jolie fleur créée par Dieu pour le plaisir d'un homme!

– Parce que les jolies fleurs se fanent trop vite, répondit Anastasia. Et moi, je veux vivre pleinement!

Le roi détourna son attention des chevaux pour la regarder.

– Je suis sûr que vous réaliserez vos objectifs, tôt ou tard, répondit-il. Mais je ne sais pas si cela m'apportera une réelle satisfaction.

Anastasia ne comprenait pas exactement à quoi il faisait allusion. Pour détourner la conversation, elle montra du doigt un château au loin et demanda au roi de lui en parler.

Ils arrivèrent au pavillon de chasse, une petite maison située au milieu d'une forêt de pins, où ils trouvèrent leur déjeuner prêt.

Ils furent accueillis par les domestiques, vêtus du costume traditionnel, qui s'occupaient du pavillon. La nourriture était bonne quoique simple et le vin provenait d'un vignoble des alentours.

Installés dans la petite salle à manger autour d'une table, simplement décorée d'un bouquet de fleurs sauvages, Anastasia pensait que c'était merveilleux de déjeuner en tête à tête.

– A quoi pensez-vous? demanda le roi à la jeune femme qui demeurait silencieuse.

– Je pensais, répondit-elle, qu'il m'était beaucoup plus facile de vous parler ici. Vous n'êtes pas aussi impressionnant qu'au palais!

– Vous voulez dire que vous me voyez maintenant comme... un homme?

– Oui, c'est exactement ce que je voulais dire, répondit Anastasia.

Elle souriait tout en parlant, leurs yeux se rencontrèrent et ni l'un ni l'autre ne voulaient rompre le charme de cet instant. Elle se sentait fascinée sans pouvoir définir exactement son émotion. Il l'attirait à lui comme un aimant et la résistance était difficile!

Il n'avait pas bougé et pourtant il lui semblait qu'il la serrait déjà dans ses bras. Un instant, elle se sentit oppressée. Elle ne comprenait pas ce qu'elle éprouvait : c'était une sensation nouvelle et étrange. Par timidité, elle baissa les yeux.

– La nuit dernière, Anastasia, vous m'avez défié, dit le roi.

Anastasia leva les yeux de surprise.

– C'est un défi que j'ai accepté, continua-t-il, celui de conquérir votre amour!

Anastasia rougit.

– Je ne... crois pas..., murmura-t-elle, qu'il s'agissait de cela.

– Vous avez dit, reprit le roi, les yeux fixés sur son visage, que l'homme que vous aimerez devra séduire votre esprit, et c'est ce que j'essaie de faire.

Anastasia se sentit défaillir, comme si son cœur avait fait un bond dans sa poitrine. C'était un sentiment à la fois agréable et douloureux.

– Jusqu'à présent, continua le roi, je n'ai toujours désiré et aimé une femme que pour son corps. C'est tout à fait nouveau pour moi d'avoir à conquérir votre esprit, ce petit esprit intelligent et insaisissable qui m'intrigue et me surprend.

Sa voix faisait vibrer Anastasia.

Le roi l'observait et, après quelques instants, il ajouta très doucement :

– Mais puis-je me permettre de vous dire que vous êtes aussi très belle et très désirable?

Encore une fois Anastasia fut décontenancée. Le regard de son époux la faisait frissonner. Il lui semblait y voir une flamme nouvelle.

– Savez-vous aimer, Anastasia? demanda le roi.

Il dut attendre sa réponse :

– Pourquoi penseriez-vous que... je n'en suis pas... capable? demanda-t-elle enfin.

– Parce que, répondit-il, beaucoup d'Anglaises sont froides et inhibées, et ce qu'elles entendent par le mot « amour » n'est pas ce que j'appelle, moi, de l'amour.

– Quelle signification donnez-vous donc à ce mot? demanda Anastasia un peu perdue.

– Je suis un méditerranéen, répondit le roi, et pour moi l'amour est un feu inextinguible, consumant tous les nerfs et tous les muscles du corps jusqu'à ce que l'on soit complètement anéanti.

Anastasia avait l'impression d'entendre résonner un concert de trompettes!

– Connaîtrez-vous jamais cet embrasement total de l'être, Anastasia? Pourrez-vous vous laisser consumer tout entière par le feu de l'amour?

Il y eut un silence, puis Anastasia répondit sur un ton hésitant :

– Maman m'a dit qu'une femme du monde devait toujours... se conduire avec... réserve et modération... et que son mari n'attendait pas autre chose d'elle...

– C'est le point de vue de votre mère, dit doucement le roi, et son opinion correspond bien à l'idée que je me fais d'elle. Mais vous, Anastasia, vous êtes différente! Est-ce ainsi que vous pensez réagir lorsque vous tomberez amoureuse?

En l'écoutant, la jeune femme pensait que l'attitude de sa mère n'était pas celle dont elle avait rêvé! C'était un frisson d'extase qu'Anastasia avait espéré lorsque

Christopher s'était approché d'elle, mais elle ne l'avait pas ressenti.

C'était pourtant ce qu'elle ressentait lorsqu'elle imaginait les lèvres du roi se posant sur les siennes.

Son visage laissait voir son émotion et après quelques instants, le roi insista :

– J'attends votre réponse.

Anastasia finit par murmurer :

– Je veux... vraiment... tomber amoureuse... et je sais que ce sera très extraordinaire... et merveilleux !

Elle s'arrêta et ajouta :

– Comme d'atteindre le ciel pour toucher les étoiles, ou plonger au plus profond de la mer !

Leurs yeux se croisèrent et Anastasia se mit à trembler.

– C'est ce qui vous arrivera, dit-il tranquillement.

Un silence qui semblait rempli d'une magie inexplicable s'établit entre eux. Le roi se leva soudain de table.

– Nous devrions repartir, dit-il d'un ton léger. Nous sommes venus ici par la montagne et nous allons rentrer par la vallée. La route est plus longue mais vous pourrez traverser les villages dont les habitants sont maintenant vos sujets.

– Cela me fera plaisir, dit Anastasia à voix basse.

Elle était très émue et il lui était difficile de parler avec naturel.

Elle se leva aussi de table et alla à la fenêtre pour admirer la vue magnifique sur la campagne.

Au loin, elle apercevait le scintillement de la mer. Au premier plan se déployait un paysage vallonné, couvert de vignes, et par plaques parsemé de fleurs aux couleurs vives.

Elle restait là absorbée dans sa contemplation, puis elle se rendit compte que Maximilien s'était approché et qu'il se tenait juste derrière elle.

Elle avait enlevé son chapeau avant le déjeuner et le soleil auréolait ses cheveux de lumière. Elle se tourna vers lui pour lui dire :

– Tout cela vous appartient! C'est votre monde!

Les yeux fixés sur elle, il répondit :

– Pourtant, vous m'avez dit hier que je devrai le conquérir ou bien alors que je serai conquis!

– C'est difficile d'expliquer cela avec des mots, mais le moyen le plus sûr de conquérir un pays est peut-être de gagner le cœur de ses habitants.

Le roi eut une expression cynique sur le visage.

– Je m'interroge souvent sur la façon dont réagiraient les gens s'il se produisait une catastrophe, dit-il. Leur dévouement serait-il plus fort que leurs craintes? Se battraient-ils au nom de leur soi-disant fidélité à la Couronne?

Anastasia réfléchit un moment avant de répondre :

– Je crois qu'il faut tout d'abord gagner leur confiance. Les gens, les gens du peuple ont besoin de croire en ceux qui les gouvernent. Ils doivent aussi être convaincus que ceux-ci sont constants dans leurs jugements comme dans leurs actions!

– Qui vous a appris ces choses-là? demanda le roi d'un ton brusque.

Anastasia le regarda avec surprise.

– Mais personne! répondit-elle. Je vous dis juste ce que je pense et c'est peut-être idiot! Mais je n'ai jamais eu l'occasion de discuter de ces idées avec qui que ce soit.

– Est-ce bien vrai?

– Pourquoi ne vous dirais-je pas la vérité? répliqua Anastasia.

– Parce que vous parlez comme si vous répétiez une leçon que les diplomates anglais vous auraient inculquée à mon intention.

Anastasia se mit à rire.

– Je voudrais bien que vous compreniez que, jusqu'à ce que l'on m'ait choisie pour devenir votre femme, j'avais trop peu d'importance pour qu'aucun d'eux ne condescende à me parler!

Elle sourit et continua.

– Lord John Russell a fait une visite d'une demi-heure à Hampton Court Palace avant mon départ pour Maurona. Et le Premier ministre, lord Palmerston, ne m'a adressé que quelques compliments insipides. En dehors de cela, je peux vous affirmer que ma vie a été parfaitement monotone auprès d'une mère qui ne faisait que répéter que je devais me comporter avec plus de dignité!

Le roi se mit à rire.

– C'est une peinture bien triste de votre existence que vous me faites là, Anastasia! Si je vous crois, le papillon s'est débarrassé seul de son cocon pour devenir une éblouissante créature!

– J'étais déjà une fleur, et me voici papillon! dit Anastasia comme si elle se sentait agressée. Pourtant je voudrais tellement être prise au sérieux.

Le roi se remit à rire.

– Je vous promets que l'on vous élèvera une statue après votre mort. On la placera sur l'esplanade de la Marine et tous ceux qui y passeront se découvriront!

– Mais les moineaux et les pigeons la traiteront avec beaucoup moins de respect! s'emporta Anastasia.

Maximilien rit de plus belle.

– Allons, venez, je vais vous ramener à la maison. Je crois que vous m'avez assez fait la leçon pour aujourd'hui.

– Ce n'était pas là mon intention, se défendit Anastasia rapidement. Croyez-moi, je vous en prie! Je n'ai fait qu'exprimer mes propres réflexions.

– C'est bien là ce qui me fait peur, fit remarquer le roi.

Elle n'arrivait pas à savoir si ce qu'elle avait dit l'avait ennuyé ou si, malgré lui, il en avait été impressionné. Sur le chemin du retour il leur fut difficile d'avoir une conversation suivie.

Lorsqu'ils arrivèrent au palais, le roi fut pris par ses occupations habituelles et Anastasia monta dans ses appartements privés.

Le boudoir attenant à sa chambre était rempli de

bouquets qui lui avaient été envoyés par les invités du mariage.

Olivia lui dit aussi qu'on avait déposé dans une autre pièce un grand nombre de cadeaux qui étaient venus s'ajouter à ceux qu'Anastasia avait déjà vus le matin de son mariage.

– Je les regarderai demain, se dit-elle en entrant dans sa chambre pour enlever sa robe jaune.

Elle s'allongea un petit moment, prit un bain et s'apprêta pour rejoindre son époux dans la salle à manger privée de sa suite.

Les appartements privés du roi et de la reine étaient assez vastes. Chacun comprenait un salon, une salle à manger et une petite salle de réception qui leur évitait de toujours recevoir dans les salons officiels du rez-de-chaussée.

Il y avait aussi des chambres pour les dames d'honneur et pour les aides de camp et le bureau du secrétaire.

Les meubles de la salle à manger du roi étaient de style français. Il y avait en particulier des dessertes Louis XIV qui provenaient du château de Versailles et quelques très belles peintures accrochées au mur.

Anastasia resta en admiration devant la table où on leur servait le repas qui, à la différence de celle sur laquelle ils avaient pris leur déjeuner, était très ouvragée.

– J'ai dit que nous éviterions le protocole autant qu'il serait possible pendant notre lune de miel, expliqua le roi en s'asseyant. J'ai pensé que c'est ce que vous préféreriez, Anastasia, tant que vous n'êtes pas habituée à toujours sentir quelqu'un dans votre dos, comme c'est malheureusement l'usage à la Cour.

– J'ai été très heureuse de cette journée, dit la jeune femme doucement.

– Moi aussi, répondit-il.

Et elle se sentit rougir sans raison apparente.

Le chef avait sûrement voulu se surpasser pour ce premier repas intime, et bien avant que le dîner ne soit terminé, Anastasia dut déclarer dans un soupir qu'elle ne pouvait plus rien avaler.

– Tout est exquis, dit-elle, mais je vais bientôt ressembler à une « frau » allemande et je ne pourrai plus rentrer dans aucune de mes robes!

– Je n'arrive pas à admettre que vous avez du sang allemand, dit le roi, se rappelant qu'il avait déjà fait presque la même réflexion.

– J'ai du mal à le croire aussi, dit Anastasia, mais papa était à moitié anglais et sa grand-mère était autrichienne. La vérité est donc que je suis une bâtarde à prédominance anglaise.

– Ah, je comprends maintenant, dit Maximilien les yeux pétillants. On dit toujours que les bâtards sont bien plus intelligents que les chiens à pédigree.

– Vous m'inquiétez, dit-elle. Je vais finir par croire que maman avait raison lorsqu'elle disait qu'il fallait que je réfléchisse avant de parler; mais alors je ne vais plus dire que des choses insignifiantes!

– Vous me plaisez telle que vous êtes, répliqua le roi.

Une nouvelle fois, leurs yeux se croisèrent et elle se sentit intimidée et émue.

Ils restèrent assis à table pour bavarder un long moment. Le roi raconta à Anastasia de nombreux faits historiques qui avaient marqué les pays de la Méditerranée qu'elle ne connaissait pas.

– Les Grecs adoraient Aphrodite, dit-il soudain, la déesse de l'Amour. C'est elle que les Romains appelaient Vénus.

Il s'arrêta puis demanda :

– Si vous aviez le choix, Anastasia, préféreriez-vous être la déesse de l'Amour ou la déesse de la Sagesse?

Anastasia comprenait bien que cette question était une sorte d'épreuve, mais elle y répondit tout à fait honnêtement et sérieusement :

– Je préférerais être la... déesse de l'Amour.

Elle surprit une lueur de plaisir dans les yeux du roi

et elle comprit que c'était la réponse qu'il espérait. Elle ne put s'empêcher de rougir.

Elle se leva de table et ils passèrent au salon.

Il était très confortable. On y trouvait de profonds fauteuils de cuir, des tableaux de chasse et un certain nombre de trophées rapportés par Maximilien. Il y avait une tête de sanglier, un ours, plusieurs bois de cerf sur lesquels était gravée la date de capture.

Anastasia allait lui demander de lui raconter quelques-unes de ses parties de chasse, lorsqu'un domestique entra, portant une enveloppe sur un plateau d'argent.

– C'est un message pour Votre Majesté, dit-il en s'inclinant, et on a dit que c'était très urgent.

Anastasia avait les yeux fixés sur l'enveloppe lorsque son mari la prit et elle put voir que les cachets du dos portaient la fleur de lys.

– Je vous prie de m'excuser, Anastasia, dit-il tandis que le valet lui tendait un coupe-papier.

Anastasia mourait d'envie de savoir ce qu'elle contenait. Elle n'était sûrement pas très longue, car Maximilien y jeta juste un coup d'œil avant de dire :

– Dites au messager que la demande est acceptée.

Le valet s'inclina puis sortit sans bruit.

Il y eut un silence pendant lequel Anastasia comprit que le roi choisissait ses mots avec prudence :

Il dit enfin :

– Il faut que je voie quelqu'un. Ce ne sera pas long mais je crois que c'est urgent.

– Je comprends, dit la jeune femme. Dois-je vous attendre ici?

Le roi jeta un coup d'œil à la pendule.

– Vous devez sûrement être fatiguée après la réception d'hier, dit-il. Pourquoi n'iriez-vous pas vous coucher, Anastasia? Je viendrai vous rejoindre plus tard.

– Oui, bien sûr. Mais ne soyez pas trop long, je vous prie, sinon je serai déjà endormie et j'ai encore beaucoup de choses à vous dire.

Elle souriait tout en parlant mais le roi ne la regardait pas.

Il se retourna et ouvrit la porte qui communiquait avec la salle à manger, et non pas celle du couloir comme elle s'y attendait.

En fait, toutes les pièces de l'appartement du roi, comme celles du sien, communiquaient entre elles de telle façon que l'on pouvait aller de l'une à l'autre sans rencontrer les gardes qui se tenaient dans le couloir.

Le roi ferma la porte du salon derrière lui et avec un pincement au cœur, Anastasia pensa qu'il se dirigeait sûrement vers l'autre extrémité de sa suite.

« Et qui peut le rencontrer là-bas, sinon la comtesse? » songea-t-elle.

Elle ne pouvait en être certaine mais elle en avait l'intuition et elle ressentit une certaine colère à l'idée que la soirée avait été gâchée par cette Française et son message.

Anastasia ouvrit la porte qui menait du salon dans la chambre du roi.

Elle ne voulait pas retourner dans sa propre suite en empruntant le couloir où elle aurait dû croiser les gardes qui se seraient peut-être étonnés de la voir seule. Elle traversa la chambre sans en remarquer la magnificence et entra dans sa propre chambre. Un feu brûlait dans la cheminée et les chandeliers étaient allumés.

L'air était chargé du parfum des fleurs et la pièce était très accueillante. Mais Anastasia était trop perdue dans ses sombres pensées pour en apprécier le confort. Elle s'avança, comme dans un rêve, vers le cordon de la sonnette.

Avant qu'elle ne l'ait atteint, la porte s'ouvrit et Olivia apparut :

– Votre Majesté! dit-elle d'une voix étranglée.

Anastasia se retourna.

– Qu'y a-t-il? demanda-t-elle.

– Pedro vient juste de me dire qu'une révolte allait éclater cette nuit! dit Olivia en suffoquant.

– Que voulez-vous dire?

– C'est un complot! Un complot, Votre Majesté, et vous devez sauver le roi!

– Mais comment... Qu'est-il arrivé? Parlez plus calmement, Olivia, dit Anastasia.

Elle s'aperçut que sa femme de chambre était tout essoufflée pour avoir couru dans les longs couloirs du palais pour lui faire ce récit.

– Pedro a surpris une conversation. L'ambassadeur donnait des instructions aux hommes qui doivent enlever Sa Majesté.

– L'enlever? s'exclama Anastasia. Mais où et comment?

– Tout est organisé, Votre Majesté. La comtesse Le Granmont va passer un moment avec lui puis, lorsqu'il la raccompagnera à la porte du jardin, on se saisira de lui. Une voiture attend de l'autre côté du mur du palais et lui fera passer la frontière.

Olivia s'arrêta pour reprendre sa respiration et Anastasia s'écria :

– Continuez!

– Une fois qu'il sera sur le sol français, la révolution éclatera et Sa Majesté demandera – sous la contrainte – que les Français interviennent. Ils marcheront alors sur Sergei et une fois sur place, ils s'empareront de notre pays!

Anastasia ouvrait de grands yeux tout en écoutant.

C'était un complot bien organisé. Si les Français intervenaient contre les révolutionnaires à la demande du roi, la reine Victoria ne pourrait pas les accuser d'agression!

Le seul moyen de sauver Maurona était d'empêcher l'enlèvement du roi.

Olivia gardait les yeux fixés sur Anastasia qui avait pâli.

– Allez chercher le capitaine Aznar! ordonna-t-elle. Allez vite!

Olivia s'élança hors de la pièce et Anastasia essaya de réfléchir à ce qu'il fallait faire.

Il lui sembla attendre une éternité avant que la porte ne s'ouvre et qu'Olivia ne revienne accompagnée du capitaine.

En fait, il ne s'était écoulé que quelques minutes car elle l'avait trouvé dans les salles des aides de camp au rez-de-chaussée.

– Le capitaine Aznar, Votre Majesté, dit Olivia encore essoufflée.

Anastasia attendit que la porte soit refermée pour parler.

– Olivia m'a apporté de terribles nouvelles! Répétez au capitaine ce que vous m'avez dit.

Olivia recommença son histoire.

– On peut faire confiance à Pedro, affirma Anastasia lorsqu'elle eut terminé. Il est premier valet de l'ambassadeur de France!

– Nous devons éloigner Sa Majesté, dit le capitaine Aznar.

– Pourrais-je venir avec vous? demanda Anastasia.

– Bien sûr, Votre Majesté! Nous ne vous laisserons pas aux mains des révolutionnaires.

– Nous avons besoin de chevaux!

– Je m'en occupe, répondit le capitaine. Il y a actuellement trois officiers dans le palais sur qui l'on peut compter.

– Vous vous occupez de tout? demanda encore Anastasia.

– Sur-le-champ! répondit le capitaine. Mais il faut prévenir Sa Majesté. Est-elle dans ses appartements?

Anastasia hésita. Elle ne voulait pas lui dire où se trouvait le roi.

– Je vais prévenir Sa Majesté, dit-elle d'un ton décidé.

– Je n'ai pas besoin de vous dire qu'il n'y a pas une minute à perdre, dit le capitaine Aznar! Car s'ils ne réussissent pas à enlever le roi au palais, les révolutionnaires chercheront sûrement un autre moyen de s'en emparer.

– Nous serons prêts dès que vous aurez les chevaux.

Le capitaine s'inclina. Puis, comme il allait quitter la pièce, Anastasia s'écria :

– Un instant! Le roi a-t-il une vieille nourrice encore vivante, ou quelqu'un à qui il était très attaché lorsqu'il était enfant?

– La vieille nourrice de Sa Majesté, répondit le capitaine Aznar, est encore en vie, mais elle était trop âgée pour venir au mariage. Elle habite loin de Sergei dans un village des Pyrénées.

– Merci, dit Anastasia. C'est tout ce que je voulais savoir.

Elle ouvrit la porte de communication puis, sans se retourner, s'élança à travers les appartements du roi. Après avoir traversé plusieurs pièces, elle arriva à la porte qui ouvrait sur le salon privé.

Elle hésita un instant... prit une longue inspiration, rassembla tout son courage : enfin elle ouvrit la porte et entra.

La pièce était faiblement éclairée et plus petite qu'elle ne s'y attendait. La comtesse Le Granmont était installée sur un énorme divan, au milieu de coussins et le roi se tenait debout en face d'elle.

Anastasia eut l'impression qu'elle les interrompait en pleine discussion, mais à son arrivée ils se turent et se tournèrent vers elle. Une expression de surprise extrême se lisait sur leurs visages.

– Pardonnez-moi de vous déranger, dit Anastasia au roi, mais il y a dans mon salon une vieille femme qui se dit votre nourrice. Elle est venue à la cérémonie du mariage hier et a essayé sans succès de vous voir aujourd'hui avant de rentrer chez elle.

Elle s'arrêta, puis dit doucement :

– Il me semble qu'elle n'en a plus pour très longtemps à vivre et que cela lui ferait vraiment plaisir de vous revoir, peut-être pour la dernière fois...

Le roi resta quelques instants sans voix, puis il murmura :

– Oui, je vais aller lui parler.

Avec un charmant sourire, Anastasia se tourna vers la comtesse qui ne s'était pas levée et restait assise sur le divan.

– Je vous prie de m'excuser d'abréger ainsi votre entretien, madame, dit-elle. Mais il y a eu tant de malentendus que le roi n'a pas été informé plus tôt de la présence de sa vieille nourrice au palais.

De très mauvaise grâce, et les yeux étincelants de colère, la comtesse se leva.

En la voyant debout, Anastasia pensa qu'il était impossible qu'une femme de sa condition se présente dans une robe aussi provocante...

Pourtant, elle devait admettre que la comtesse était très séduisante, et que les rubis qu'elle portait autour du cou et aux oreilles devaient avoir coûté à quelqu'un une petite fortune.

Anastasia se demanda si c'était un présent du roi. Mais ce n'était pas le moment de s'arrêter à ce genre de détails.

– Cela ne vous prendra pas plus de cinq ou dix minutes, dit-elle à son époux, et vous allez donner une dernière joie à quelqu'un qui vous aime sûrement beaucoup.

Pour la première fois depuis qu'Anastasia était entrée, le roi se tourna vers la comtesse.

C'était comme si, sans dire mot, il lui ordonnait de partir.

– Je vais vous attendre, Sire, lança-t-elle d'un ton assuré.

Sans discuter, Maximilien suivit simplement Anastasia.

Elle attendit qu'il eut refermé la porte derrière lui pour lui prendre la main.

– Venez vite! murmura-t-elle.

Elle le poussa à travers la salle de réception.

– Que signifie tout cela, Anastasia? demanda-t-il.

– Je vous expliquerai quand nous serons dans votre chambre, répondit-elle.

Elle ne pouvait s'empêcher d'avoir peur que la comtesse ne les entende ou que des oreilles indiscrètes ne soient dissimulées derrière les rideaux.

Comme un complot contre le monarque était probable, il valait mieux prendre toutes les précautions.

Poussé par Anastasia, le roi marchait rapidement. Dès qu'ils furent arrivés dans sa chambre, il dit d'un ton irrité :

– Mais enfin! Ma nourrice est-elle vraiment ici?

– Non! C'était un subterfuge pour pouvoir vous informer de ce qui se trame contre vous, dit Anastasia.

» Les Français ont l'intention de vous enlever lorsque vous descendrez raccompagner la comtesse. Ils vous emmèneront par la porte secrète qui mène hors du palais où une voiture vous attendra pour vous conduire de l'autre côté de la frontière.

Elle vit à l'expression du roi qu'il ne la croyait pas.

– Tout est prévu, continua-t-elle rapidement. Dès que vous serez éloigné, une révolte éclatera dans la ville et comme vous n'aurez pas le choix, vous demanderez à la France de vous aider à rétablir l'ordre.

– Qui vous a raconté toutes ces bêtises? demanda le roi avec irritation.

– C'est la vérité! répondit Anastasia, avec force. Je vous jure que c'est la vérité!

– Croyez-vous réellement que je demanderais aux Français de marcher sur Sergei? s'insurgea Maximilien.

– Une fois que vous serez prisonnier de vos soi-disant « amis », répondit Anastasia, pensez-vous que l'on vous fera un rapport fidèle de la situation? Que feriez-vous si l'on vous disait que la ville entière a été dévastée, les femmes et les enfants tués, le palais pillé? Dans de telles circonstances, que pourriez-vous faire d'autre que de faire appel à eux?

– Je ne peux pas croire à la réalité d'un tel complot! s'exclama le roi en colère. Mais s'il existe, que suggérez-vous?

– Plusieurs de vos officiers actuellement au palais, en qui l'on peut avoir confiance, vous aideront à rejoindre l'armée, dit Anastasia. Si une révolution éclate, vous pourrez y faire face, sans l'intervention d'une puissance étrangère!

Il la regarda comme si elle avait perdu la tête. Au moment où leurs yeux se croisèrent, la porte s'ouvrit et le capitaine Aznar entra.

Le roi se tourna vers lui.

– Alors, vous aussi, vous avez votre rôle dans cette mise en scène ridicule, Aznar? demanda le roi précipitamment. Comment puis-je croire ce que me dit la reine?

– Vous pouvez le croire, Sire, répondit le capitaine Aznar. C'est exactement ce que l'on prévoyait depuis quelque temps.

Maximilien le regarda d'un air étonné.

– Vous croyez vous aussi que c'est ce qui va se produire?

– Oui, je le crains... Sire. Sa Majesté la reine n'a fait que découvrir le complot avant qu'il ne soit trop tard.

Le roi se tourna vers Anastasia et parut hésiter. Le capitaine continua :

– La route longeant la côte sera sûrement surveillée. Nous devrons donc passer par la montagne pour aller à Lezignan.

– Je ne peux y croire, c'est trop impensable! s'exclama le roi.

Aznar devint pressant :

– Ce serait pure folie, Sire, de prendre le risque de ne pas me croire! Je pense donc qu'il faut que nous partions le plus vite possible. Peut-être voulez-vous vous changer?

– Je dois me changer aussi, dit Anastasia.

– Faites le plus vite possible, madame, pria le capitaine Aznar.

Sans rien ajouter, Anastasia courut vers sa chambre. Olivia l'attendait, et avait déjà préparé la nouvelle tenue de cheval qu'elle avait apportée d'Angleterre.

En quelques minutes, Anastasia avait enlevé sa robe du soir et enfilé son habit de velours bleu. Le chapeau qui l'accompagnait lui semblant trop élégant, elle se couvrit la tête d'un foulard blanc qu'elle noua autour de son cou.

– Le roi va partir pour Lezignan, Olivia, dit-elle lorsqu'elle fut prête. Je vais l'accompagner. Vous me rejoindrez dès que vous le pourrez.

– Je vous le promets, Votre Majesté.

– Il ne faut pas que Pedro retourne à l'ambassade de France, continua Anastasia. Ce serait trop dangereux pour lui.

– C'est ce qu'il a pensé, Votre Majesté.

Anastasia la regarda.

– Merci de tout cœur, dit-elle en se penchant pour l'embrasser sur la joue.

Elle jeta un coup d'œil à la pendule. Il était onze heures vingt.

Elle avait le sentiment que les conjurés déclencheraient leur opération aux premières heures du jour, lorsqu'ils estimeraient que le souverain est de l'autre côté de la frontière.

Elle retourna dans la chambre du roi et le trouva en uniforme. Le capitaine Aznar était toujours auprès de lui.

– Voici une cape de cavalerie, madame, dit-il à Anastasia. Cela vous tiendra chaud et vous permettra de passer inaperçue. Le roi en portera une aussi.

– Merci, répondit Anastasia.

Il la posa sur ses épaules. Elle était faite de laine noire très épaisse et avait une capuche assez large pour permettre aux officiers de la rabattre sur leur képi. Elle dissimulait presque complètement le visage d'Anastasia et la cape l'enveloppait jusqu'aux pieds.

Le roi enfila à son tour celle que le capitaine lui tendait. Puis, sans un mot, ils sortirent de la chambre et empruntèrent un escalier de service pour descendre de leurs appartements.

Ils se glissèrent le long de couloirs sombres dans une partie du palais qui était habitée par les domestiques. Ils arrivèrent enfin à une porte que le capitaine Aznar s'empressa d'ouvrir.

Dehors trois hommes attendaient dans la même tenue qu'eux. Ils étaient déjà en selle et tenaient chacun un autre cheval par la bride.

Le roi ne pouvait les reconnaître à cause de l'obscurité.

– Capitaine Seiza, capitaine Mauresa et lieutenant Tuleda, Sire, présenta le capitaine Aznar à voix basse.

Les officiers saluèrent, et le monarque se mit en selle sur un grand étalon noir pendant que le capitaine Aznar aidait Anastasia.

Deux des officiers se placèrent en avant. Le roi et Anastasia les suivirent tandis que le capitaine Aznar et le lieutenant Tuleda fermaient la marche.

Ils quittèrent le palais par derrière et se dirigèrent vers une petite entrée qui n'était utilisée que par les fournisseurs.

Deux sentinelles se mirent au garde-à-vous en voyant les officiers. Ils ouvrirent les portes et les cavaliers sortirent sans hâte. C'est seulement lorsqu'ils furent suffisamment éloignés du palais que l'officier de tête accéléra l'allure.

Puis, dès qu'ils eurent dépassé les bâtiments qui entouraient la demeure royale, ils se mirent au galop. Ils se retrouvèrent bientôt dans la forêt, là où Anastasia et son mari étaient passés le matin même.

C'était une nuit claire de demi-lune, ce qui leur permettait de se diriger aisément. Quand ils eurent parcouru un ou deux kilomètres, ils quittèrent la petite route et grimpèrent vers la montagne en suivant un petit sentier dont l'étroitesse les obligeait à avancer les uns derrière les autres, avec lenteur.

Aucun d'entre eux ne parlait et on n'entendait que le martèlement des sabots des chevaux.

Après une heure d'escalade, le roi arrêta son cheval sur un petit terre-plein, et se retourna pour regarder en arrière.

Anastasia s'approcha de lui. Ils dominaient Sergei. La plupart des maisons étaient perdues dans l'obscurité, mais au centre de la ville on pouvait distinguer la lumière vive d'un feu.

Un deuxième feu apparut sur la droite, puis un troisième sur la gauche.

– La révolution a commencé, Sire! dit le capitaine Aznar à voix basse.

Sans répondre, le roi remit son cheval sur le chemin et ils recommencèrent à grimper.

Anastasia sentait maintenant l'air froid venu des sommets enneigés lui piquer le visage et elle avait le nez glacé. Les chevaux commençaient à souffler, tout en sueur. Il sembla à Anastasia qu'ils avaient presque atteint le sommet lorsque l'officier de tête fit une pause.

Le capitaine Aznar dépassa Anastasia pour s'approcher du roi.

– Il y a deux grottes ici. Vous vous souvenez sûrement qu'elles ont servi quelquefois à faire des tirs de mines. Je crois que nous devrions faire halte par ici...

Le roi tourna la tête mais ne dit rien

– Il serait dangereux de redescendre l'autre versant qui est très pentu tant qu'il ne fait pas clair, expliqua le capitaine Aznar. Je propose, Sire, que nous attendions ici le lever du jour avant de repartir pour Lezignan.

– Très bien, dit le souverain.

Il était descendu de cheval tout en parlant et s'approcha d'Anastasia pour l'aider à mettre pied à terre.

La vision de ces feux dans la vallée, à Sergei, les avait impressionnés. Mais il était encore plus effrayant de penser que c'était une tentative délibérée pour destituer le roi de son trône et en faire un simple pion dans l'échiquier politique français.

Les officiers vidèrent leurs sacoches.

Un des hommes s'avança en éclaireur dans la grotte et quelques instants plus tard, une faible lueur apparut à l'intérieur.

– Voulez-vous entrer, Sire? demanda le capitaine Aznar. Une lumière dans la montagne pourrait attirer l'attention.

– Bien sûr, dit le roi.

Il mit son bras autour des épaules d'Anastasia et l'attira contre lui. Elle pensait que l'entrée de la grotte devait être basse, mais en fait son mari n'eut même pas à se baisser. Ils s'enfoncèrent dans un passage taillé dans la pierre, guidés par la lumière.

Ils débouchèrent dans une vaste salle, mais l'officier qui marchait en éclaireur leur demanda de le suivre jusqu'à une deuxième salle, moins grande.

Il leva sa lanterne et Anastasia put voir un tas de paille sur le sol dans un coin et une caisse de bois au centre entourée de plusieurs gros rondins sur lesquels on pouvait s'asseoir.

– On dirait que quelqu'un est déjà venu ici! s'exclama le roi.

– Les montagnards et les bergers s'en servent comme refuge en hiver, Sire, lorsqu'ils sont surpris par la neige, répondit l'officier. J'y venais souvent lorsque j'étais jeune!

– Je crois que je suis déjà venu, dit le roi après réflexion.

L'officier posa sa lanterne sur la caisse en bois.

– Je vais voir si je ne peux pas trouver quelque chose pour vous installer un peu plus confortablement, madame, dit-il à Anastasia.

Il retourna dans la première salle et la jeune femme

entendit les bruits des chevaux qu'ils avaient fait entrer aussi.

Quelques instants plus tard, le capitaine Aznar réapparut, une fiasque à la main.

– J'ai pensé, Sire, que vous apprécieriez d'avoir quelque chose pour vous réchauffer! dit-il. Malheureusement, j'ai oublié de prendre un verre!

– Je crois que je pourrai m'en passer, dit le roi.

Le capitaine Aznar tendit la fiasque à son souverain et Anastasia vit qu'il portait une couverture sous son autre bras. Il l'étala sur la paille.

– Cela vous évitera au moins de vous salir, madame, dit-il. Je crains que dans la précipitation nous n'ayons pris qu'une couverture pour nous tous.

– Je suis sûre que tout ira bien, sourit Anastasia.

– Si vous avez besoin de quoi que ce soit, Sire, dit le capitaine Aznar, n'hésitez pas à nous le demander. Nous ferons de notre mieux pour vous satisfaire.

Il s'inclina.

– Merci, Aznar, répondit le roi. Inutile de vous dire à quel point je vous suis reconnaissant... Et je...

– Je suis à votre service, Votre Majesté, l'interrompit le capitaine.

Il sortit et Anastasia regarda le roi avec appréhension. Elle ne savait pas ce qu'il pouvait penser. Elle avait senti qu'il était en colère, très en colère lorsqu'elle lui avait dévoilé le plan de ses « amis ». Elle avait bien vu qu'il avait quitté le palais de mauvaise grâce et qu'à ce moment-là il ne la croyait pas encore.

Elle frémissait rétrospectivement en imaginant ce qui se serait passé si Olivia s'était trompée, s'il n'y avait pas eu de révolution, et si ce complot n'avait existé que dans l'esprit de Pedro.

Les feux qu'ils avaient vus lui avaient prouvé que ce n'était pas une erreur : une révolte avait éclaté et le capitaine et elle avaient épargné au roi l'humiliation de la défaite.

Maximilien lui tendit la fiasque.

– Buvez un peu, dit-il. Cela vous évitera de prendre froid.

Comme elle désirait ardemment lui faire plaisir, elle s'exécuta bien que l'eau-de-vie lui brûlât tout le corps.

– Encore un peu! lui ordonna son époux.

Et elle avala une autre gorgée.

Il but à son tour, puis reposa la fiasque sur la caisse près de la lanterne.

– Vous devriez vous allonger, Anastasia, lui suggéra-t-il.

Elle ôta sa capuche et déboutonna l'attache de sa cape. Elle pensait qu'elle pourrait s'en couvrir lorsqu'elle serait allongée sur la couverture.

Le roi s'assit sur un des rondins de bois en lui tournant le dos.

Pendant quelques instants, son regard resta perdu dans le vague. Puis, comme elle restait debout, l'air perplexe tout en le regardant, il dit à voix basse :

– Vous aviez raison, j'ai tout gâché!

Il y avait tant de tristesse dans sa voix, qu'instinctivement Anastasia se rapprocha de lui. Sans réfléchir, elle posa son bras sur ses épaules.

– Tout s'arrangera, dit-elle doucement. Je suis sûre que tout ira bien.

Il se tourna vers elle, et d'une façon très naturelle, comme un enfant qui a besoin d'être consolé, posa sa tête contre sa poitrine.

– Comment ai-je pu être aussi bête? demanda-t-il et son sentiment de culpabilité était encore plus poignant que la tristesse qu'il avait laissé paraître auparavant.

– Vous allez gagner, dit-elle avec confiance. Je le sais!

Il ne répondit pas mais elle sentit sa tête peser contre elle.

Elle l'entourait maintenant de ses deux bras et il s'abandonnait complètement contre elle.

Elle voulait le rassurer et pour l'aider, elle voulait avant tout lui donner du courage.

Mais comme elle ne pouvait trouver les mots qu'il fallait, elle le serrait contre elle et priait ardemment pour que tout se passe bien...

7

Le roi gardait le silence. Anastasia finit par dire d'une voix douce :

– Je crois que vous devriez vous reposer. Vous aurez beaucoup à faire demain.

Elle frissonnait de froid tout en parlant et Maximilien releva la tête.

– Vous avez quitté votre cape, dit-il d'un ton presque accusateur. Allongez-vous Anastasia, et je vais la poser sur vous.

– Il faut que vous... vous allongiez... aussi.

Elle eut tout d'abord l'impression qu'il allait refuser.

Elle s'installa alors sur la couverture qui était posée sur la paille et il se pencha pour la recouvrir de la lourde cape avant de s'allonger à côté d'elle, et d'étendre la sienne sur eux deux.

Ils restèrent ainsi l'un près de l'autre, sans bouger. La flamme de la lanterne oscillait dans le courant d'air et jetait des ombres bizarres sur le plafond voûté de la grotte.

– Le froid deviendra encore plus vif au cours de la nuit, dit le roi au bout d'un moment. Il serait peut-être souhaitable que vous vous rapprochiez de moi. La seule façon de garder notre chaleur est de rester serrés l'un contre l'autre.

Comme il sentait son hésitation, il ajouta :

– Les officiers dans l'autre salle dorment sûrement contre leur cheval. C'est une des premières choses qu'on apprend lors des manœuvres. Les nuits dans la montagne peuvent être tellement froides!

Anastasia se rapprocha de lui.

Il passa son bras autour d'elle mais, comme elle appuyait sa tête contre son épaule, elle poussa un petit cri.

– Qu'y a-t-il? demanda-t-il.

– J'ai griffé ma joue contre vos décorations!

– Je vais les enlever et les jeter, dit-il. Je n'ai plus le droit de les porter!

Il y avait tant de violence contenue dans ses paroles qu'Anastasia répondit :

– Non... Vous ne pouvez pas faire cela! Vous devez au contraire en être fier.

Le roi ne répondit pas et après quelques instants, elle ajouta :

– Quoi qu'il... arrive, il ne faut pas vous sentir... en état d'infériorité.

– Et pourquoi non? demanda-t-il amèrement. Je me sens non seulement en état d'infériorité mais aussi humilié.

– Vous avez fait une erreur, dit Anastasia. Votre peuple peut le comprendre, mais il attend que vous vous montriez fort et résolu dans l'adversité : il lui faut un guide en qui il puisse croire.

Il y eut un silence puis elle continua :

– Un homme fort peut se faire amputer d'un membre parce qu'il est gangrené et survivre, alors qu'un homme faible en mourra... même si le reste de son corps est sain.

– J'avais confiance dans l'empereur... dit le roi, comme s'il se parlait à lui-même.

– ... Et vous venez de découvrir que c'est un traître, dit Anastasia. Je comprends parfaitement votre déception et votre douleur. Mais une seule chose compte vraiment aujourd'hui, c'est de débarrasser Maurona de ses ennemis et de restaurer la confiance que tous les Mauroniens devraient avoir en leur propre puissance.

– Croyez-vous que j'en sois capable? demanda le roi.

– J'en suis sûre, dit Anastasia d'un ton convaincu. Comme je vous l'ai dit le premier jour, vous êtes exactement ce qu'un roi doit... être, c'est-à-dire le souverain que le peuple suit.

Elle entendit Maximilien prendre une inspiration et posa alors délicatement sa tête contre son épaule quand elle sentit son bras se serrer autour d'elle.

– Croyez-vous en moi, Anastasia? demanda le roi. Je veux une réponse sincère.

– Je crois en vous, dit-elle avec une solennité qui donnait à ses paroles la valeur d'un serment.

Maximilien attendit avant de répondre :

– Merci, merci Anastasia!

Il y eut à nouveau un silence. Comme elle avait froid malgré l'épaisse cape, Anastasia se serra instinctivement un peu plus fort contre son époux.

Elle ressentit alors une sensation nouvelle pour elle : c'était à la fois étrange et agréable, effrayant et merveilleux.

Presque sans s'en rendre compte, obéissant à un désir de son corps plus qu'à une décision de son esprit, elle se rapprocha de façon à se trouver tout contre lui.

Elle voyait qu'il était préoccupé, et comme elle ne voulait pas qu'il se sente trop abattu, elle dit sur un ton délibérément amusé :

– Nous faisons le contraire des héros de contes. Nous ne découvrons pas la richesse après la pauvreté mais la paille après les draps de soie!

– Et nous passons une lune de miel qui sort de l'ordinaire! ajouta le roi.

– Quand nous serons vieux, dit Anastasia, ce sera une aventure que nous pourrons raconter à nos petits-enfants.

– Combien voudriez-vous en avoir? demanda Maximilien.

– Environ une douzaine, dit la jeune femme d'un ton enjoué. Qui sait?

– Il n'y a que vous pour en décider, répondit le roi.

On ne peut pas avoir de petits-enfants sans avoir d'enfants, et on ne peut pas avoir d'enfants sans faire l'amour, Anastasia!

Il la sentit se raidir et ajouta pour la rassurer :

– De toute façon, ce n'est pas le moment d'en parler. Mais avant que vous vous endormiez, il faut que je vous remercie.

– Attendez que tout soit terminé, pria Anastasia, peut-être était-ce une erreur de fuir. Peut-être aurait-il mieux valu affronter les... insurgés sur les marches du palais?

– Cela n'aurait pu se produire sans effusion de sang, répondit le roi, et Maurona aurait perdu son monarque.

– Au moins ici, vous êtes sauf!

– Nous saurons demain quel en est le prix!

Anastasia voulut répondre mais avant qu'elle eût la possibilité de parler, le roi dit :

– Essayez de vous reposer. Vous avez eu une longue journée pleine d'émotions après une cérémonie de mariage épuisante, elle-même précédée d'un voyage encore plus éprouvant. Vous ne saviez pas ce qui vous attendait lorsque vous avez quitté le calme et la sécurité de l'Angleterre!

– Quoi qu'il puisse arriver demain, murmura Anastasia, je serai heureuse... vraiment très heureuse d'être venue!

Elle avait sûrement dû dormir et pourtant il lui sembla qu'elle venait juste de fermer les yeux lorsque la voix du capitaine Aznar la fit sursauter.

– Le jour se lève, Sire.

Le roi se redressa en dégageant son bras et se leva.

– Je suis prêt à partir dès qu'il fera suffisamment clair.

– J'ai une proposition à vous faire, Sire, dit le capitaine Aznar.

– Je vous écoute, répondit le roi.

– Nous avons discuté ensemble, répondit le capitaine Aznar et nous pensons, Sire, qu'il serait peut-être plus prudent que vous partiez en avant, sans la reine. Nous sommes convaincus que l'armée est loyale et qu'elle exécutera tous vos ordres... (Il fit une pause, puis ajouta :) Mais nous savons aussi que des idées révolutionnaires se sont propagées dans le pays et que certains soldats pourraient profiter de l'occasion pour fomenter des troubles.

Le capitaine Aznar s'arrêta pour regarder Anastasia puis ajouta calmement :

– Nous pensons qu'il serait plus sûr que Sa Majesté vous rejoigne plus tard.

– Vous avez certainement raison, Aznar, répondit le roi. En fait, il n'est pas du tout nécessaire que Sa Majesté m'accompagne à la caserne. Je dois essayer de rallier l'armée et marcher immédiatement avec elle sur Sergei en passant par la route de la côte. Là, je ferai rétablir l'ordre et emprisonner ou exiler tous les insurgés et les révolutionnaires.

Le roi parlait avec une fermeté qui surprit Anastasia. Il était déjà différent de l'homme qui se sentait si malheureux et si humilié, durant la nuit.

Elle avait maintenant en face d'elle un homme prêt à affirmer son autorité, à prendre la direction des opérations et à combattre.

Elle se leva et secoua son habit de cavalière.

– Où pensez-vous que je puisse emmener Sa Majesté, Sire? demanda le capitaine Aznar avec respect.

Anastasia s'aperçut au ton de sa voix que, lui aussi, était surpris et soulagé par le changement d'attitude du roi.

– Le palais de Huesca n'est pas loin des casernes, répondit Maximilien. Il est fermé depuis des années, mais je sais qu'il est gardé par les Dragons de mon père. S'il en est qui resteront toujours fidèles à la monarchie, ce sont bien eux.

– Vous avez tout à fait raison, Sire! approuva le capitaine Aznar. Les gardes des Dragons mourraient pour la Couronne, et Sa Majesté sera en toute sûreté au palais.

– Vous accompagnerez Sa Majesté là-bas, Aznar, dit le roi, et je vous y rejoindrai dès que cela me sera possible.

Anastasia avait du mal à ne pas crier qu'elle voulait rester avec lui, et qu'elle ne voulait pas être tenue éloignée pour de simples raisons de sécurité.

Elle voulait le voir en pleine action, elle voulait être là pour prévenir tout autre complot contre lui ou une nouvelle trahison.

Elle savait cependant qu'elle risquait de le gêner. Il avait à jouer son rôle d'homme et une faible femme ne pouvait l'y aider.

Le roi ramassa sa cape et la jeta sur ses épaules. Puis il prit son képi et se tourna vers Anastasia.

Le capitaine avait quitté la salle et ils étaient seuls. Maximilien la regarda à la lueur vacillante de la lanterne.

Elle avait enlevé son foulard blanc et ses cheveux retombaient maintenant librement sur ses épaules.

Ses grands yeux bleus inquiets étaient fixés sur lui.

– Prenez soin de vous, ma merveilleuse épouse! dit-il. Je penserai à vous et j'agirai de telle façon que vous pourrez être fière de moi.

Anastasia lui tendit les mains spontanément.

– Ne prenez pas de... risques... inutiles! le pria-t-elle.

– Je n'éviterai pas le danger, répondit-il, mais je ferai tout pour vous revenir.

Il eut un sourire qui l'émut profondément.

– Il me reste encore à relever votre défi, dit-il doucement.

Elle leva les yeux vers lui et crut un instant qu'il allait l'embrasser pour lui dire au revoir. Mais il se contenta de lui prendre les deux mains qu'il porta à ses lèvres. Il les retourna et embrassa ses paumes l'une après l'autre.

Ses lèvres étaient chaudes et fermes et ses baisers ardents. Leur contact éveilla chez Anastasia la même sensation trouble qu'elle avait ressentie lorsqu'ils étaient allongés l'un contre l'autre sur la paille.

C'était même une sensation encore plus intense, plus émouvante et son cœur sauta dans sa poitrine. Puis le roi se dégagea, se retourna sans un mot et sortit.

Elle le suivit, gardant au creux de ses mains le souvenir du contact de ses lèvres.

Le cheval du roi l'attendait à l'entrée de la grotte, et les trois officiers étaient déjà prêts à partir.

Le capitaine Aznar tenait l'étalon noir par la bride. Le roi prit les rênes et se mit en selle.

– Prenez soin de Sa Majesté, Aznar, dit-il. Je vous confie ce que j'ai de plus précieux!

– Je le sais, Sire, répondit le capitaine.

Maximilien tourna la tête pour contempler Anastasia.

Dans la lumière grise de l'aube, elle ressemblait à un ange venu d'un autre monde. Elle aurait pu être l'esprit du printemps apportant au sortir de l'hiver la promesse de l'espoir et du soleil.

Le roi promena son regard sur son visage pendant quelques secondes, puis éperonna son cheval pour rejoindre les trois officiers qui s'étaient mis en route.

Anastasia les regarda s'éloigner...

Elle redouta soudain de voir son époux partir pour toujours, de le voir disparaître ainsi dans la brume matinale sans espoir de retour.

Elle eut la certitude qu'elle l'aimait.

Au bout d'une demi-heure, le capitaine Aznar lui dit qu'ils pouvaient maintenant grimper jusqu'au sommet, pour redescendre de l'autre côté.

Il faisait alors grand jour et la vallée était inondée de soleil, tandis que la brume des montagnes se dissipait peu à peu.

Anastasia ne cessait de penser au roi...

Elle se disait qu'en fait, elle avait dû en tomber amoureuse au premier regard! Il était si différent de ce qu'elle avait imaginé. Son visage l'avait fascinée et envoûtée de telle façon qu'elle lui avait spontanément avoué les pensées qui lui étaient venues à l'esprit. Et cet amour, bien qu'elle n'ait pas su le reconnaître s'était affermi au cours des quelques jours qu'ils avaient passé ensemble.

Elle n'avait jamais été amoureuse auparavant, c'est pourquoi elle ne savait pas que c'était l'amour qui la faisait rougir ou accélérait les battements de son cœur.

Elle l'aimait sûrement déjà la nuit qui avait suivi leur mariage, lorsqu'elle lui avait demandé de ne pas la caresser, alors qu'il en avait l'intention...

Elle se demandait ce qui se serait passé si elle l'avait laissé agir à sa guise...

Elle était encore émue au souvenir de ses lèvres sur ses mains et elle regrettait qu'il ne l'ait pas embrassée avant de partir! Une angoisse la saisit : les révolutionnaires allaient peut-être le tuer... ou bien l'armée ne voudrait pas le suivre et le livrerait aux Français...

Mais elle se dit qu'elle se torturait l'esprit inutilement car elle avait la certitude que le roi vaincrait et jetterait les traîtres hors du pays, comme il le lui avait affirmé.

Son admiration pour lui avait été renforcée par l'attitude qui avait été la sienne ce matin-là, lorsqu'il avait parlé avec tant de détermination et d'autorité.

Il paraissait enfin vouloir être maître de sa destinée. Il ne s'en remettrait plus ni à ses amis français, ni à ses ministres et à ses conseillers diplomatiques. Il ne compterait plus maintenant que sur lui-même... il prendrait lui-même les décisions qui s'imposaient pour se battre, comme elle le désirait.

– Nous pouvons partir, madame, répéta le capitaine Aznar, interrompant le cours de ses pensées.

Anastasia remit son foulard et le capitaine l'aida à monter en selle.

L'air était frais et vif à cause de l'altitude. Malgré tout, elle n'avait pas besoin de sa cape et le capitaine Aznar la prit sur sa selle.

– Je vais laisser la couverture, madame, dit-il en souriant. Elle pourra peut-être servir à un montagnard égaré.

– Nous en aurons peut-être besoin nous-mêmes, remarqua Anastasia, pensant que si les révolutionnaires étaient trop nombreux pour que l'armée les disperse, le roi devrait peut-être fuir et se réfugier à nouveau dans ces grottes.

– Soyez sans crainte, dit le capitaine Aznar comme s'il avait lu dans ses pensées. Je n'ai jamais vu Sa Majesté aussi résolue que ce matin.

– C'est ce que vous attendiez de lui? demanda Anastasia.

– Oui, madame! C'est ce que nous attendions tous depuis longtemps.

– Vous ne... craignez plus les... Français? dit Anastasia un peu hésitante.

– L'empereur sait très bien que nous sommes sous la protection des Anglais; c'est pourquoi, s'il nous voit nous-mêmes résolus, il renoncera à ses projets d'agression.

– Je comprends, dit Anastasia. Le complot était organisé de telle manière que le roi ne puisse se passer de son aide. Il aurait alors été impossible à l'Angleterre d'intervenir.

– Vous avez raison, madame, reconnut le capitaine, mais maintenant tout va changer!

Il s'arrêta puis dit, presque sur le ton du mépris :

– L'empereur se prend pour un nouveau Bonaparte, mais il n'en a pas l'envergure! Je suis convaincu que tôt ou tard les Prussiens feront essuyer une défaite à la France!

Anastasia le regarda avec surprise.

– Les Prussiens?

– Leur ambition est sans limites. Ils ont toujours convoité Paris.

Quand ils arrivèrent en haut de la montagne, ils virent que la descente était si escarpée que les chevaux devaient être parfaitement tenus, car le moindre faux-pas entraînerait une chute de plusieurs dizaines de mètres dans le ravin.

Anastasia regarda dans la vallée, espérant y apercevoir le roi et son escorte. Mais ce versant des Pyrénées était beaucoup trop accidenté pour qu'elle puisse les distinguer.

Le soleil brillait, et il commençait à faire chaud.

Pendant la nuit, Anastasia avait apprécié son habit de velours, mais maintenant qu'elle était à cheval depuis près d'une heure, elle regrettait de ne pas avoir revêtu un de ces habits d'été en piqué blanc ou en soie fine que portent les femmes qui montent au bois de Boulogne.

Lorsqu'ils arrivèrent dans la vallée, elle constata que la campagne était très différente de celle qui entourait Sergei. A côté des champs de vignes et d'oliviers on trouvait une végétation plus dense et presque tropicale : il y avait des palmiers, des cactus, des fleurs sauvages exotiques et de magnifiques papillons.

Ils virent aussi des orangers dont les fruits commençaient à mûrir : Anastasia aurait aimé s'arrêter pour en cueillir mais elle savait que le capitaine Aznar était pressé d'arriver au palais.

Celui-ci apparut soudain, dominant une vallée fertile et Anastasia fut émerveillée...

Elle savait, par le capitaine Aznar, qu'il avait été construit par les Maures, lorsqu'ils avaient occupé cette partie du pays : son architecture rappelait les splendeurs arabes.

Le palais de Huesca était blanc et l'on pouvait voir de loin briller ses dômes et ses tours. Il était entouré de sombres cyprès qui lui donnaient une allure mystérieuse. Ils empruntèrent une allée en très mauvais état jusqu'aux portes d'enceinte surmontées d'une couronne.

Les deux gardes qui s'y appuyaient bavardaient tranquillement.

Quand ils virent s'approcher le capitaine Aznar, ils restèrent d'abord hébétés, puis se mirent au garde-à-vous.

Le capitaine immobilisa son cheval et les toisa d'un œil qui sembla les mettre mal à l'aise. Il dit alors d'une voix brusque :

– Je suis le capitaine Aznar, de la Cavalerie de Sa Majesté! Où est l'officier de service?

– Il est à l'intérieur du palais, capitaine, répondit un des soldats.

– Ouvrez les portes! ordonna le capitaine.

Les deux gardes s'empressèrent de lui obéir et ils entrèrent. Anastasia découvrit alors un jardin splendide entouré de bougainvillées.

Il y avait plusieurs fontaines mais elles ne fonctionnaient pas et, bien que le jardin soit entretenu, il semblait que la nature y avait repris ses droits depuis plusieurs années. Le palais, avec ses arcades de marbre blanc et ses fenêtres à treillis, semblait sortir d'un conte des Mille et Une Nuits.

Tout était très silencieux, comme s'il s'était agi du palais de la « Belle au bois dormant ».

Lorsqu'ils arrivèrent devant la porte d'entrée, Anastasia se retourna pour admirer la vallée. La vue qui s'offrit à elle était extraordinaire.

Au loin, on pouvait même apercevoir le bleu de la mer et elle se demanda si le roi conduisait déjà ses troupes vers Sergei sur la route de la côte.

Le capitaine était descendu de cheval pour tirer la sonnette et la porte fut ouverte par un vieux domestique dont la livrée râpée aurait dû être remplacée depuis longtemps.

– Qui est responsable de la garde du palais? demanda le capitaine Aznar.

– Nous sommes bien peu ici, monsieur, répondit le domestique d'une voix tremblante, mais je vais aller chercher le commandant Domo.

– Allez le chercher, ordonna le capitaine, et aussi l'officier de service!

Tandis qu'il parlait, un homme en uniforme sortit d'une pièce qui se trouvait près de l'entrée.

– Que se passe-t-il? demanda-t-il. Qui êtes-vous et que voulez-vous?

– Je suis le capitaine Aznar de la Cavalerie du roi accompagnant Sa Majesté la reine!

Il eut l'air ahuri pendant quelques instants avant de se ressaisir au moment où le capitaine Aznar aidait Anastasia à descendre de cheval.

– Nous ne savions pas, nous ne vous attendions pas, madame, commença l'officier.

– Je le sais, répondit Anastasia. Le capitaine Aznar vous racontera les événements qui se sont produits à Sergei. Nous allons rester jusqu'à ce que Sa Majesté nous rejoigne!

– Sa Majesté! sursauta l'officier.

Avec un sourire, Anastasia entra dans le palais, de plus en plus fascinée...

Les bâtiments ouvraient sur plusieurs patios. Elle admira la cour des Myrtes où des orangers se reflétaient dans un bassin d'eau verte et qui lui parut sortir d'un rêve. Lui succédait la cour des Dauphins, si magnifique qu'on aurait pu croire qu'elle avait été dessinée pour Schéhérazade.

Les arcades étaient élégantes avec leurs longues colonnes, et dans les fontaines l'eau jaillissaient des têtes de léopards ou de dauphins. Le marbre était sculpté comme de la dentelle.

Anastasia se demanda qui pouvait préférer un château qui était une pâle imitation de Versailles à ce palais des merveilles.

Elle s'approcha d'une des fenêtres pour admirer le jardin qui était planté de cyprès, de myrtes, de lauriers roses et autres arbustes fleuris. A côté des géraniums, rouges et blancs, des œillets multicolores poussaient à profusion; les fontaines et les statuettes donnaient un air de conte de fées à l'ensemble. « Personne ne pourrait avoir toute cette beauté sous les yeux et ne pas avoir de belles pensées », se dit-elle.

Elle rejoignit ensuite le capitaine Aznar qui était en train de donner des instructions aux domestiques qui semblaient se réveiller d'un long sommeil.

C'étaient, pour la plupart, des hommes et des femmes d'un certain âge, qui avaient passé toute leur vie au palais, au service d'un roi qu'ils voyaient rarement et dont ils n'entendaient que très peu parler.

– Faites-vous ouvrir tout le palais? interrogea Anastasia.

– Si vous le voulez, dit le capitaine Aznar.

– J'aimerais que cette demeure ressemble à ce qu'elle a été! pria Anastasia d'un ton passionné.

Elle se tourna vers les vieux domestiques et ordonna calmement :

– Allez chercher des jeunes gens pour vous aider. Je suis sûre qu'il y a dans le village des hommes et des femmes qui sont prêts à travailler au palais. Nous allons faire de Huesca un endroit où Sa Majesté sera heureuse de venir!

Elle put lire la joie sur leurs visages. A peine furent-ils congédiés qu'ils s'empressèrent, tout en discutant, d'ouvrir les volets, d'enlever les housses des meubles et de préparer la chambre de la reine pour elle.

Lorsque celle-ci fut prête, Anastasia s'y rendit et elle la trouva beaucoup plus belle que celle qu'elle occupait à Sergei.

Il n'y avait pas ici de grand lit à baldaquin chargé de rideaux de soie et de velours, mais un lit de style mauresque dont la tête, incrustée de nacre avait la forme d'un coquillage. Elle brillait comme si elle sortait de l'eau et était portée par des sirènes et des dauphins sculptés dans l'albâtre.

La pièce avait un dallage de marbre et des plafonds voûtés. Les rideaux étaient faits d'un tissu bleu très léger et rebrodé de fils d'argent qui évoquait les couleurs de l'océan.

– C'est extraordinaire, dit Anastasia au capitaine Aznar, un vrai palais de rêve!

– Un rêve devenu réalité, madame, répondit-il.

– Croyez-vous que les jeunes gens du pays penseront la même chose? demanda-t-elle.

– J'en suis sûr, répondit-il.

Le roi la verrait-il, lui, comme une héroïne de rêve? Elle croyait pouvoir deviner ce qu'il pensait vraiment d'elle en le regardant droit dans les yeux.

Mais elle se rappela aussi combien il lui avait été difficile, quelquefois, de soutenir son regard sans rougir, et comme il la fixait, par moments, avec un air ironique qui la décontenançait.

« Faites-le m'aimer... mon Dieu! Je vous en supplie... Faites-le m'aimer! » murmura-t-elle.

Plus tard dans la journée, Anastasia apprit qu'une foule s'était assemblée derrière les portes et que la garde avait été renforcée.

Mais les paysans des environs venaient seulement s'assurer de la réalité des bruits qui couraient au sujet de l'arrivée de la reine. Plusieurs d'entre eux portaient des bouquets à la main.

– Je vais... voir les gens dehors, dit-elle au capitaine Aznar.

Elle put lire la surprise sur son visage mais il ne fit aucun commentaire et se contenta de la suivre lorsqu'elle descendit les marches du palais et sortit au grand soleil.

Il faisait si chaud qu'elle avait quitté son habit de cavalière et portait une jupe de velours et un chemisier brodé en mousseline blanche.

Comme elle n'avait pas de chapeau, elle prit une ombrelle qu'elle trouva dans un porte-parapluies. Elle avait dû appartenir à la mère du roi, ou à une de ses dames d'honneur, et était jaunie par le temps.

– Pouvez-vous ouvrir les portes, s'il vous plaît? dit Anastasia.

– Désirez-vous réellement sortir, madame? demanda le capitaine Aznar incrédule.

– Je voudrais parler à mes visiteurs, répondit Anastasia avec un sourire.

C'étaient des paysans, habillés pour la plupart du costume régional. Plusieurs tenaient un enfant par la main et parfois un autre dans les bras. Ils paraissaient tous très pauvres, mais Anastasia les trouvait beaux avec leurs yeux sombres, leurs cheveux noirs et leur peau brunie par le soleil.

Lorsqu'elle s'approcha d'eux, ils comprirent soudain qui elle était et une rumeur hésitante s'éleva.

On ouvrit les portes et ils l'escortèrent comme s'ils pensaient qu'elle voulait sortir.

Quand elle s'arrêta pour parler, tout d'abord à une vieille femme puis à une plus jeune pour lui demander l'âge de son enfant, puis à un homme pour connaître la nature de son travail, ils la regardèrent d'un air incrédule...

Comme elle continuait à s'adresser à chacun d'eux dans leur propre langue, ils prirent confiance et commencèrent à lui offrir les bouquets qu'ils avaient préparés.

Elle dut vite faire appel au capitaine Aznar pour qu'il l'aide quand elle eut les bras trop chargés.

Après avoir ainsi parlé et marché parmi ses sujets pendant près d'une demi-heure, elle se dirigea vers les grilles du palais pour rentrer.

Ils l'acclamèrent alors spontanément et très chaleureusement jusqu'à ce qu'elle disparaisse.

– C'est une chose extraordinaire que vous avez faite là! dit le capitaine. Aucune reine n'a jamais été vers son peuple de cette façon-là, sans respecter un protocole strict.

– C'est une chose qui devra se répéter, dit Anastasia d'un ton ferme.

Puis son esprit revint vers des sujets plus inquiétants; elle s'approcha de la fenêtre pour regarder vers la vallée.

– Les casernes sont-elles loin d'ici? demanda-t-elle.

– A dix kilomètres environ, madame.

– Quand pourrons-nous avoir des nouvelles?

– J'ai demandé à l'officier de service d'envoyer un courrier à Lezignan pour informer Sa Majesté que vous étiez bien arrivée et pour savoir si elle désirait nous faire parvenir un message, répondit le capitaine Aznar.

– Merci, dit Anastasia. J'ai du mal... à ne pas être... inquiète.

– Je vous comprends, madame, mais je suis sûr que tout ira bien.

– Comment pouvez-vous en être certain, demanda Anastasia, tant que nous ne savons pas comment sera accueillie Sa Majesté à Sergei?

Le capitaine Aznar ne répondit pas et Anastasia sentit la morsure de l'angoisse qui essayait de s'insinuer en elle depuis le début de la journée comme le serpent au paradis terrestre qu'elle venait de découvrir.

Puis son cœur se glaça à l'idée qu'elle était peut-être amoureuse du roi, mais son amour n'était sûrement pas payé de retour...

Il aimait la comtesse et bien qu'il sache maintenant qu'elle l'avait trahi en abusant de son affection, il n'y avait aucune raison de penser qu'il reportait cet amour sur elle.

Il avait parlé d'amour, c'est vrai, mais il n'avait jamais dit qu'il l'aimait...

Les intérêts politiques en jeu ne le pousseraient-ils pas à rendre sa femme amoureuse? Ne voulait-il pas s'assurer son affection, uniquement pour avoir des enfants et en particulier le fils qui prendra sa succession sur le trône?

Elle eut l'impression que de telles pensées détruisaient jusqu'à la beauté du palais, mais elle ne pouvait les écarter. Elles la hantaient sans cesse. Anastasia trouvait en chacune d'elles une part de vérité qui la faisait souffrir.

« Je l'aime, je l'aime! » songeait-elle avec désespoir.

Connaîtraient-ils un jour ensemble ce « feu de l'amour » dont il lui avait parlé avec tant de conviction?

Anastasia monta prendre un bain avant le dîner.

Le sol de la salle de bains était en marbre et les murs étaient décorés de magnifiques mosaïques incrustées de quartz.

La vieille gouvernante qui s'occupait d'elle était déjà en train de donner des instructions à une jeune fille qu'elle avait trouvée au village pour l'aider.

La jeune fille regarda Anastasia et l'admiration que l'on pouvait lire dans ses yeux sombres la réconforta. Elle avait pris son déjeuner toute seule, mais elle demanda au capitaine Aznar de dîner avec elle.

– Dois-je inviter aussi l'officier de service? demanda-t-elle.

– On m'a dit, madame, que l'officier supérieur devait arriver tard de la caserne de Lezignan avec une troupe de la garde des Dragons qui relèvera la garde actuellement en faction. Je crois qu'il serait plus sage d'attendre jusqu'à demain.

Anastasia se mit à sourire.

– Croyez-vous que cela créerait un précédent fâcheux si un officier de seconde classe était invité avant son supérieur?

– Les soldats sont des hommes, madame, et je crois que vous avez donné assez de distraction à l'officier de service pour le moment!

Anastasia se mit à rire.

Puis son sourire s'effaça et elle demanda :

– Il n'y a toujours pas de nouvelles de Lezignan?

– Pas encore, madame, mais le messager devrait arriver d'un moment à l'autre.

Le dîner fut très simple et composé uniquement de produits de la région. Après une truite qui avait été pêchée dans un torrent de montagne et de la pintade, on leur servit des fraises des bois comme dessert.

– Le chef vous prie de l'excuser de ne pas avoir pu trouver mieux à vous offrir ce soir, dit le capitaine Aznar.

– Assurez-le que j'ai trouvé le repas excellent. C'est le meilleur dîner que j'aie fait depuis que je suis arrivée à Maurona, répondit Anastasia. Je ne pourrai jamais oublier combien le banquet du mariage a été interminable et fatigant!

Le capitaine se mit à rire.

– La plupart des gens, madame, jeûnent pendant plusieurs jours avant un banquet officiel!

Le café fut servi dans un service de style mauresque dont les soucoupes en or étaient incrustées de corail et de turquoises.

– Comme c'est joli! s'exclama Anastasia.

– Sa Majesté, le père du roi, avait rassemblé dans ce palais un grand nombre d'objets de valeur, d'origine mauresque et arabe, expliqua le capitaine Aznar. Demain, quand toutes les pièces seront ouvertes, je crois que vous trouverez de quoi satisfaire votre curiosité.

– J'en suis sûre! répondit Anastasia.

Elle allait continuer quand un domestique entra dans la pièce.

Il s'inclina et se pencha vers le capitaine Aznar.

– L'officier est revenu de Lezignan, madame. Voulez-vous entendre les nouvelles qu'il apporte?

– Mais, bien sûr! dit Anastasia avec empressement.

Il lui fut difficile de cacher son impatience pendant que le domestique allait chercher le jeune officier qui entra, vêtu de l'uniforme de la garde des Dragons.

Il salua et resta sur le seuil, attendant qu'on lui adresse la parole.

– Qu'est-il arrivé? demanda Anastasia ne pouvant se contenir plus longtemps. Sa Majesté est-elle en sûreté?

Elle était incapable de cacher son inquiétude.

– Sa Majesté est arrivée tôt ce matin à Lezignan,

madame, répondit l'officier. Il a fait l'inspection des troupes puis les a informées de ses plans et elles se sont mises en route pour Sergei.

– Comment y sont-elles allées? demanda Anastasia.

– La cavalerie est partie en avant, madame, avec Sa Majesté en tête. Les canons et l'artillerie légère tirés par des chevaux, ainsi que l'infanterie, ont suivi.

– Et savez-vous ce qui s'est passé? demanda Anastasia.

– Sa Majesté m'a demandé de rester auprès d'elle jusqu'à ce qu'on puisse vous envoyer un message. Elle pensait que vous l'attendiez avec impatience, madame!

– Quel est-il? Dites-moi! ordonna Anastasia.

L'officier sortit une feuille de papier de sa poche.

– Le mot de Sa Majesté est bref, dit-il.

Et il lut à haute voix :

« Nous avons rencontré de l'opposition aux abords de la ville, mais nous avons réussi à la briser au prix de quelques pertes de chaque côté. Les révolutionnaires sont maintenant sur le point d'être encerclés. Il reste quelques noyaux de résistance dans certains quartiers et des insurgés en embuscade sur les toits d'un grand nombre de maisons. »

– Est-ce... tout? demanda Anastasia.

– J'ai attendu au cas où il y aurait un second message, répondit l'officier, puis j'ai pensé que Sa Majesté était peut-être inquiète et je me suis décidé à revenir aussi vite que possible.

– Merci beaucoup, dit Anastasia. Vous avez sûrement besoin de vous restaurer. Le capitaine Aznar va s'occuper de vous.

Quand les deux hommes furent sortis, Anastasia se dirigea vers la cour des Dauphins. La soirée était tiède et l'air chargé de parfums.

Les fontaines avaient toutes été remises en marche et des jets d'eau s'élevaient vers le ciel pour retomber majestueusement dans des bassins sculptés. C'était le seul bruit perceptible.

Anastasia éprouvait un soulagement énorme de savoir que la révolte était matée bien qu'on puisse encore craindre de la voir renaître.

Les insurgés étaient peut-être en train de se réorganiser, peut-être attendaient-ils la tombée de la nuit pour reprendre leur action?

Par ailleurs, elle avait espéré un message personnel du roi. N'avait-il rien à lui dire à elle seule, pour lui prouver qu'il pensait à elle...

Mais sans doute était-ce trop demander en de telles circonstances. Et le roi ne se doutait sûrement pas de son impatience.

Elle se trouvait maintenant stupide de ne pas lui avoir fait clairement comprendre avant son départ qu'elle l'aimait! Il devait la croire indifférente ou même frigide comme toutes les Anglaises!

Espérait-il vraiment gagner cette bataille personnelle dont il avait parlé? Son désir pour elle était-il aussi fort que celui qu'elle avait pour lui?

« Je le veux! Je le veux! » murmura-t-elle à la fontaine.

Elle resta ainsi un long moment dans la cour des Dauphins, essayant de lui envoyer par l'esprit un message qui l'atteindrait où qu'il se trouve...

Une fois, elle avait eu l'impression, bien qu'il n'ait pas bougé, et qu'il ne l'ait pas touchée, qu'il l'attirait à lui...

Aujourd'hui, c'était elle qui priait pour lui, soupirait pour lui, le désirant de tout son être. Il était impossible qu'il ne le sente pas!

Mais alors, à nouveau, l'image de la comtesse lui revint à l'esprit, avec son visage si provocant, ses lèvres sensuelles si offertes et ses yeux énamourés!

Avec tristesse, Anastasia pensa que le roi ne pourrait jamais ressentir pour elle ce que cette femme si séduisante avait éveillé en lui.

Elle lui avait fait comprendre qu'il devait s'emparer

de son esprit mais pour le moment, ce n'était pas son esprit qui se languissait de lui! Ce n'était pas son esprit qui avait ressenti ce frisson si étrange lorsqu'il avait pressé ses lèvres sur les paumes de ses mains! Ce n'était pas son esprit qui l'avait poussée contre lui à la recherche de la chaleur de son corps lorsqu'ils étaient allongés dans la grotte!

« Je veux qu'il m'aime! Ô mon Dieu...; je veux qu'il m'aime! supplia Anastasia. Même si ce n'est pas ce merveilleux feu inextinguible dont il a parlé, je serai heureuse de tout ce qu'il me donnera... de tout! »

Elle eut l'impression que sa prière s'envolait vers les cieux.

Elle rentra alors et monta l'escalier sculpté qui conduisait à sa chambre.

8

« Je suis là depuis cinq jours », pensait Anastasia en regardant dans la vallée.

Elle espérait voir le roi et ses soldats arriver par la route étroite et poussiéreuse qui menait au palais.

« S'il n'envoie personne me chercher demain, je partirai le rejoindre quoi qu'il puisse en penser », décida-t-elle.

Un officier lui apportait tous les soirs un message en provenance de Sergei mais ce n'étaient que de brefs rapports militaires.

Comme Anastasia l'avait craint, les insurgés s'étaient réorganisés et de sérieux affrontements avaient eu lieu dans certains quartiers de la ville et aux alentours du palais.

Elle était à Huesca depuis trois jours lorsqu'Olivia était arrivée, escortée de soldats, dans une voiture de l'armée, apportant avec elle des malles pleines de vêtements.

Le capitaine Aznar l'avait immédiatement introduite dans la pièce où se trouvait Anastasia.

– Voici de la visite, madame, annonça-t-il avec le sourire. Quelqu'un que vous attendiez depuis longtemps.

Anastasia se retourna et se leva d'un bond.

– Olivia! s'écria-t-elle. Je me languissais de vous.

– C'est Sa Majesté qui a organisé mon départ, répondit Olivia. J'ai avec moi la plupart des robes de Votre Majesté.

– Je vous en remercie car elles me manquaient, dit Anastasia.

Puis elle demanda d'un ton plus sérieux :

– Que se passe-t-il à Sergei?

Olivia lui donna les détails qu'elle n'avait pu avoir par les messages du roi.

Elle lui raconta que la révolution avait commencé par des coups de feu et des rassemblements de gens qui criaient dans les rues et incendiaient des maisons dans les quartiers les plus pauvres de la ville.

C'étaient ces flammes qu'Anastasia avait vues avec le roi lorsqu'ils s'enfuyaient dans la montagne.

– Une grande confusion a tout d'abord régné dans le palais, expliqua Olivia, car personne ne comprenait ce qui arrivait. Puis le Chambellan et d'autres membres du gouvernement sont venus chercher Sa Majesté. Je leur ai alors expliqué que vous étiez partis tous les deux pour Lezignan.

– Quelle a été leur réaction? demanda Anastasia.

– Ils ont tout d'abord paru surpris, Votre Majesté, puis devant l'ampleur des manifestations, ils ont affirmé que c'était le mieux que vous ayez pu faire.

– Et après? dit Anastasia avec empressement.

– La foule rassemblée devant les portes du palais criait « à bas la monarchie! » et lançait des injures à l'adresse du roi.

N'ayant aucun désir d'en connaître les termes exacts, Anastasia laissa continuer Olivia :

– Des coups de feu furent tirés en direction du

palais et personne ne se sentait plus en sécurité. Plus tard dans la journée, on apprit que l'armée arrivait par la route de la côte. Tout alors a changé!

– Dans quel sens? demanda Anastasia.

– En fait, Votre Majesté, beaucoup de gens ne m'avaient pas crue lorsque j'avais dit que le roi était parti à Lezignan. Ils restaient persuadés que vous vous étiez réfugiés tous les deux en France.

– Comment ont-ils pu imaginer que Sa Majesté puisse se conduire de façon si déloyale? demanda Anastasia révoltée.

Puis elle se dit qu'on pouvait comprendre leur réaction si l'on pensait à l'amitié qui semblait unir le roi et l'empereur et à la prédominance de l'influence française dans la capitale.

– Je suis montée avec Pedro sur le toit du palais, et de là nous avons pu voir l'affrontement entre les troupes et les révolutionnaires qui ont finalement dû se replier, continua Olivia.

– Avaient-ils des armes? demanda Anastasia.

– Oui, et toutes d'origine française, répondit Olivia. C'étaient des modèles très récents d'après les rumeurs qu'a entendues Pedro.

Anastasia poussa un soupir.

– Enfin, ils ont été vaincus?

– Oui, et par Sa Majesté! s'exclama Olivia. Lorsque le roi a fait défiler ses troupes dans le centre de la ville, tout le monde l'acclamait.

– N'était-ce pas dangereux? s'inquiéta Anastasia. Il aurait pu être tué par un tireur embusqué sur un toit.

– Nous y avons tous pensé, dit Olivia, mais en se comportant en homme brave qui ne recule pas devant le danger, il a forcé l'admiration des Mauroniens.

Elle serra ses mains l'une contre l'autre.

– Pedro et moi, Votre Majesté, nous sommes allés sur la place du Marché où le roi s'est adressé à la foule. Les gens étaient très fiers que leur souverain leur parle ainsi, puis nous nous sommes tous mis à pleurer en écoutant son discours tant il était émouvant!

– Qu'a dit Sa Majesté? demanda Anastasia.

– Il a promis que les erreurs du passé ne se reproduiraient plus, répondit Olivia, et il a réclamé notre aide pour faire de Maurona un pays libre et prospère!

Il y avait des larmes dans les yeux d'Olivia comme si l'émotion que le roi avait suscitée était toujours présente en elle.

Anastasia aurait voulu l'entendre aussi...

Elle était sûre que Maximilien avait été magnifique et que sa détermination, née au lendemain de la nuit dans la grotte, avait dû produire une forte impression sur la foule.

« C'était, lui avait-elle dit, ce que le peuple attendait depuis des années. » Il ne faisait pas de doute qu'il le suivrait.

Elle changea avec grand plaisir sa tenue de cavalière contre une des jolies robes à crinoline qu'elle avait achetées à Londres.

Sa tenue fit l'admiration des paysannes lorsqu'elle alla parler comme les autres jours avec les gens qui se rassemblaient devant les grilles.

De plus en plus de monde venait la voir, même des petits villages des Pyrénées les plus reculés; certains devaient partir avant le lever du soleil pour arriver au palais au moment où elle sortait.

Elle ne savait plus que faire de toutes les fleurs qu'on lui donnait chaque après-midi. Mais elle ne pouvait supporter l'idée de les jeter.

Finalement, elle se fit accompagner de deux des jeunes filles du village qui étaient venues travailler au palais, pour les recueillir et bientôt toute la demeure fut emplie de grandes vasques pleines de bouquets odoriférants.

Elle remarqua qu'on avait renforcé la garde aux portes du palais et en demanda la raison au capitaine Aznar.

– Le commandant des Dragons, madame, craint que vous ne preniez trop de risques.

– Comment peut-il penser que je suis en danger au milieu de ces paysans chaleureux?

– Un étranger peut toujours se glisser parmi eux, madame. On sait maintenant à Sergei que vous êtes ici...

Le lendemain il se produisit un incident qui aurait pu se transformer en drame sans la présence du capitaine Aznar.

La foule rassemblée derrière les grilles semblait ce jour-là encore plus dense que d'habitude.

Les femmes portaient toutes le costume traditionnel : jupe rouge, corsage blanc brodé et bustier noir. Les enfants avaient des rubans clairs dans les cheveux et la plupart tenaient un bouquet de fleurs à la main. On aurait dit une véritable fête.

On pria Anastasia de bénir les enfants.

– Comment puis-je faire une telle chose? avait-elle alors demandé au capitaine Aznar.

– Ces gens croient au droit divin du roi, madame, répondit le capitaine Aznar. Et Votre Majesté est si délicieusement belle, douce et gentille qu'ils vous considèrent déjà comme une sainte!

Anastasia le regarda avec surprise croyant qu'il ne parlait pas sérieusement. Mais son regard était dénué d'ironie et elle comprit que c'était aussi le fond de sa pensée : plus d'une fois, lorsqu'ils parlaient ensemble, elle avait pu voir de l'adoration dans ses yeux.

Anastasia s'approcha donc d'une femme qui avait cinq enfants dont quatre étaient en âge de marcher. Elle avait fait plusieurs kilomètres avec eux en portant le dernier, qui n'avait que deux mois, dans ses bras pour qu'ils puissent voir la reine.

– Bénissez-les, Votre Majesté, bénissez-les! suppliait-elle, pour qu'ils soient heureux toute leur vie!

– Je suis sûre qu'ils seront heureux d'avoir une mère qui les aime tant, répondit Anastasia.

Puis comme elle savait que cela ferait plaisir à cette

simple femme, elle posa sa main sur la tête de chacun des enfants, espérant que la petite prière qu'elle dirait ne paraîtrait pas blasphématoire.

Quand elle se retourna pour parler à quelqu'un d'autre, elle vit un homme un peu à l'écart de la foule esquisser un mouvement rapide du bras.

Elle n'eut pas le temps de prendre conscience du danger qu'elle était déjà plaquée au sol par le capitaine Aznar.

Un coup de feu partit...

De la foule s'éleva un cri puis une rumeur de colère, et les soldats eurent juste le temps de rattraper l'homme avant qu'il ne soit lynché.

Le capitaine Aznar aida Anastasia à se relever.

– Comment vous sentez-vous? demanda-t-il inquiet.

– Tout va bien, répondit la jeune femme un peu tremblante.

Les paysannes s'approchèrent d'elle, s'agenouillant pour toucher le bas de sa robe, bouleversées qu'on ait voulu faire du mal à leur reine.

– Ce n'est rien, dit Anastasia, d'une voix assez forte pour couvrir le bruit de la foule.

– Il faut que vous rentriez au palais, madame, dit le capitaine Aznar.

– Mais je n'ai pas encore parlé à tout le monde! répondit Anastasia. Et maintenant, le danger est écarté. Demandez-leur de se calmer, je n'ai pas l'intention de les abandonner!

On avait arrêté l'homme qui avait tiré et Anastasia apprit plus tard qu'il serait jugé à Sergei.

– Il pourrait y avoir un autre attentat, madame, insista le capitaine Aznar très bas pour que la reine soit seule à l'entendre.

– Je ne le crois pas, répondit Anastasia. S'il y avait ici d'autres assassins en puissance, ils ont déjà dû s'enfuir!

En dépit des protestations du capitaine, elle resta encore une heure parmi la foule.

Ce n'est qu'après être rentrée au palais qu'elle prit conscience qu'elle aurait pu mourir.

« Qu'aurait pensé le roi s'il avait appris que j'étais morte? » se demanda-t-elle.

Aurait-il été touché comme elle le serait si c'était lui qui était tué? Ou se serait-il senti soulagé d'être débarrassé d'une femme qui lui avait été imposée par la reine Victoria?

Deux jours après son arrivée au palais, Anastasia avait vu entrer dans les jardins plusieurs voitures qu'elle n'attendait pas. C'étaient des Mauroniens appartenant à de grandes familles de la région. Ils désiraient simplement signer le livre des visiteurs officiels, comme il y en a dans tous les palais, et continuer leur route.

A leur grande surprise, Anastasia les reçut en personne, et plus encore, les invita à prendre le thé avec elle. C'est une chose qui n'aurait jamais pu se produire du temps de Sa défunte Majesté, si respectueuse du protocole.

Et non seulement la nouvelle reine riait et parlait de façon très simple et naturelle, mais contrairement à ce que leur avaient rapporté les gens venant de Sergei, elle paraissait très intéressée par cette partie du royaume où ils vivaient. Les premiers visiteurs quittèrent le palais à la fois étonnés et séduits par Anastasia et, sur leurs conseils, un grand nombre de leurs amis et voisins vinrent au palais.

– Je pense, madame, dit le capitaine Aznai, qu'il serait judicieux que vous choisissiez quelques dames d'honneur parmi les familles nobles qui viennent ici vous présenter leurs respects.

Pour la première fois, Anastasia refusa sa proposition.

– Non! dit-elle d'un ton résolu.

– On vous jugera mal, madame, si vous n'avez pas de dames d'honneur.

– Cela m'est égal, répondit Anastasia. Ils peuvent

dire ce qu'ils veulent mais je n'ai pas l'intention de former une cour sans prendre l'avis de Sa Majesté et surtout avant qu'il ne m'ait rejointe.

Son ton était si péremptoire que le capitaine Aznar n'insista pas.

Anastasia savait pourtant qu'il avait raison. Mais elle ne voulait absolument pas prendre d'initiatives qui risqueraient de la gêner lorsque le roi la rejoindrait.

Elle désirait être seule avec lui et si cela était possible, passer une partie de leur lune de miel dans cette demeure de rêve.

Il avait parlé de l'emmener dans une villa près de la mer, et elle se souvenait qu'il lui avait dit qu'elle se trouvait près de la frontière française.

Elle s'était demandé, sur le moment, s'il avait choisi cette villa pour être à proximité de ses amis.

Voudrait-il rester avec elle à Huesca?...

Pensait-il, comme elle, que les merveilleuses pièces mauresques, les patios et les jardins tropicaux constituaient un havre d'amour idéal?

Elle fut parcourue de frissons à cette idée. Puis elle se souvint que le roi ne l'aimait pas et que peut-être il ne verrait dans ce lieu qui l'enchantait, qu'un palais délabré ne valant même pas la peine d'être restauré.

« L'image qu'on perçoit avec les yeux n'est peut-être que le reflet de celle qu'on a dans le cœur », songea Anastasia en se demandant si le roi partagerait son opinion.

Il y avait tant de choses dont elle voulait parler avec lui, tant de questions qu'elle voulait lui poser! Elle gardait toujours le souvenir des conversations qu'ils avaient eues le lendemain de leur mariage et rétrospectivement, elle jugeait que c'était pour elle de grands moments. Lui les considérait peut-être différemment...

Ces heures d'attente passaient avec une lenteur extrême. Son désir de l'avoir près d'elle était parfois si intense qu'elle en était elle-même effrayée.

La nuit, dans son grand lit, sous le coquillage de nacre, elle entendait chanter les rossignols dans le jardin et pensait que la beauté du clair de lune était gâchée par son absence.

Elle évoquait la nuit de leur mariage, quand le roi s'était allongé à côté d'elle et avait promis qu'il ne la toucherait pas...

Elle savait maintenant que, s'il était là, elle voudrait qu'il la serre dans ses bras, et le lui demanderait.

– Je l'aime! dit Anastasia à voix haute.

Mais combien de femmes avaient déjà dormi dans cette chambre de marbre et d'albâtre, et murmuré ces mêmes mots?

– Si Maximilien n'est pas là demain, je partirai le rejoindre! se répétait-elle à longueur de journée.

Ce jour-là, elle avait pris le thé avec une douzaine de personnes venues lui rendre visite. Ces gens lui plaisaient, et elle voulait devenir leur amie.

Anastasia ne pouvait s'empêcher de les comparer à ceux qu'elle avait rencontrés à Sergei. Il lui était difficile de penser sans haine aux traîtres qui avaient aidé les Français dans leurs manigances contre Maurona.

Elle savait qu'il lui serait difficile à l'avenir de ne pas montrer son antipathie à leur égard, et elle était décidée à choisir ses dames d'honneur parmi les femmes venant exclusivement de la partie espagnole du pays.

Après le dîner, l'officier arriva avec le bulletin officiel de Sergei.

« La ville est calme maintenant. Aucune émeute n'a éclaté depuis plus de vingt-quatre heures. Le Parlement est en session et le Premier ministre, en accord avec Sa Majesté le roi, a remanié la composition du cabinet. »

Anastasia sentit son cœur bondir de joie.

Le roi ne s'occupait pas seulement de l'armée, il prenait en main toutes les affaires du pays!

Elle était à présent convaincue que les sympathisants français se verraient retirer leur pouvoir et qu'ils seraient remplacés par de vrais Mauroniens.

Elle savait que c'était aussi l'opinion du capitaine Aznar.

Quand le messager fut sorti, elle se tourna vers lui et dit en souriant :

– Ce que vous avez toujours désiré est en train de se réaliser, capitaine!

– Entièrement grâce à vous, madame.

– Le roi aurait peut-être été sauvé sans... moi, dit Anastasia.

– Qui d'autre aurait pu découvrir le complot? demanda le capitaine Aznar. Qui d'autre aurait fait appel à moi assez rapidement pour que Sa Majesté ait le temps de s'enfuir?

– Je suis heureuse de penser que je... l'ai sauvé, dit Anastasia à voix basse.

– Je crois que vous ne l'avez pas sauvé seulement sur ce plan-là, répondit le capitaine Aznar.

Anastasia savait de quoi il parlait, mais elle ne pouvait s'empêcher de se demander si le roi aurait autant de reconnaissance envers elle que ses serviteurs. Car la découverte d'un complot français allait l'obliger à rompre avec la comtesse!

La veille, le bulletin du roi se terminait par : « Tous les résidents français, y compris l'ambassadeur de Sa Majesté l'empereur Napoléon III, ont été priés de quitter Maurona. Ils devront donc demander une autorisation de séjour s'ils désirent y revenir. »

Cette mesure avait surpris Anastasia et le capitaine Aznar, si bien qu'ils avaient eu du mal à en mesurer toute la portée.

Anastasia se sentait directement concernée et elle avait été incapable d'en discuter lorsque le messager était reparti.

En fait, elle avait simplement souhaité une bonne nuit au capitaine avec l'intention de se retirer dans sa chambre.

Elle était extraordinairement heureuse que son

époux ait pris une décision si nette. Pourtant elle ne pouvait s'empêcher de craindre qu'elle ne corresponde pas à ses désirs personnels...

Pourrait-il supporter de ne plus jamais revoir la comtesse? Ou bien avait-il déjà l'intention d'aller à Paris pour la rencontrer secrètement?

Elle avait du mal à croire qu'il pourrait user d'un tel subterfuge, mais elle savait que, lorsqu'on est amoureux, on n'est plus capable de raisonner sainement. Elle, par exemple, aimerait le roi tout aussi passionnément s'il était l'ennemi le plus dangereux de l'Angleterre! Elle essaierait de le revoir à tout prix, son plus grand désir serait d'être près de lui.

Le roi n'éprouvait-il pas le même sentiment à l'égard de la fascinante comtesse Le Granmont?

Le capitaine Aznar l'avait interrompue dans ses pensées.

– S'il n'y a rien d'autre que je puisse faire pour vous, madame, il me reste également à vous souhaiter une bonne nuit. Peut-être que Sa Majesté enverra des nouvelles demain.

– Croyez-vous qu'il lui sera bientôt... possible de venir... ici? demanda Anastasia.

– Sa Majesté, madame, doit sûrement être très occupée à remettre en place un gouvernement à Sergei. Il se peut qu'il vous demande de le rejoindre.

– Olivia m'a dit que le palais avait été endommagé, répondit Anastasia.

– On me l'a dit aussi, répondit le capitaine Aznar, mais c'est peut-être simplement des dommages extérieurs. Le palais doit être resté tout à fait habitable.

– Oh, j'espère que non!

Il la regarda avec surprise et elle s'expliqua :

– Je veux rester ici!

Elle vit le visage du capitaine s'éclairer et dit :

– Cela vous ferait plaisir, n'est-ce pas?

– Oui, c'est vrai, madame, et je crois que le pays entier approuverait un tel changement. Mais je doute que vous puissiez le faire accepter à Sa Majesté!

– J'essaierai, dit Anastasia fermement. Je vous le promets, j'essaierai. J'aime tant ce palais!

– Si vous me le permettez, madame, je dirais que c'est un merveilleux écrin pour votre beauté!

Le ton grave du capitaine l'émut, mais elle ne répondit pas et après quelques instants, il s'inclina très respectueusement et quitta la pièce.

« Il est si droit et si loyal », pensa Anastasia.

Elle savait qu'il l'aimait mais c'était d'un amour généreux dont il ne parlait jamais. Sa présence lui était d'un grand réconfort. Il l'avait beaucoup aidée à comprendre Maurona et son peuple.

Elle sortit du salon pour se rendre dans la cour des Dauphins et elle s'assit pour écouter le bruit de l'eau qui retombait dans la vasque de la fontaine en regardant les étoiles.

L'air était lourd du parfum des fleurs et Anastasia se sentit oppressée par tant de beauté. Elle rentra dans le salon et s'approcha d'une fenêtre pour contempler la vallée.

La lune lui donnait un aspect fantastique.

Elle aperçut soudain des cavaliers qui galopaient sur la route, comme sur un long ruban d'argent.

Après quelques instants, elle put en dénombrer six qui chevauchaient deux par deux. Elle était sûre que c'étaient des soldats et fut prise de panique.

Pourquoi se pressaient-ils tant? Qu'était-il arrivé? Quelles nouvelles apportaient-ils?

Elle les suivit du regard jusqu'à ce qu'ils soient cachés par la colline sur laquelle était construit le palais.

Ils étaient maintenant sur la route qui montait vers les grilles d'entrée.

Elle aurait voulu appeler le capitaine Aznar mais elle était incapable de bouger. Elle était figée par l'angoisse. Et si quelqu'un avait tiré sur le roi au dernier moment... s'il était blessé... mortellement, et si c'était la raison pour laquelle on avait dépêché ces cavaliers...

Elle restait debout, immobile, écoutant les moindres bruits et la crainte l'oppressait.

Tout était silencieux. Elle eut envie de crier lorsque la porte s'ouvrit.

Son émotion était telle qu'elle ne put identifier l'homme qui entrait. Puis, comme il avançait dans la pièce, elle reconnut le roi.

Alors, un cri monta du fond du cœur mais s'étrangla dans sa gorge.

Elle demeurait paralysée en face de lui, ses grands yeux fixés sur son visage.

Maximilien était en uniforme et ses bottes étaient poussiéreuses. Tout en le regardant, Anastasia pensait qu'il n'avait jamais eu l'air aussi heureux. Il y avait un changement radical dans son apparence : il paraissait plus résolu que jamais.

Il s'exclama enfin, d'une voix sourde :

– Anastasia!

– Vous êtes venu! Je vous attendais! J'ai eu tellement... peur! Vous n'êtes pas... blessé?

– Je vous avais promis d'être prudent.

– D'après ce qu'on m'a dit... ce n'est pourtant... pas ce qui s'est passé, répondit Anastasia. Ils ne vous ont pas fait de mal?

– Je suis en parfaite santé.

Le roi s'approcha mais avant qu'il ne soit tout contre elle, il s'arrêta.

Il la regardait dans l'encadrement de la fenêtre, il regardait son cou et ses bras nus, ses cheveux brillant dans la lumière, ses grands yeux et ses lèvres qui tremblaient d'émotion.

– Vous êtes très belle, Anastasia! dit-il lentement. Beaucoup plus belle encore que dans mon souvenir.

– Vous avez... pensé... à moi?

– Tout le temps.

– Je suis sûre que vous saviez, dit-elle presque en murmurant, que je pensais... à vous, que je... priais pour vous!

– Je vous sentais près de moi dans les combats, dit le roi.

– J'étais certaine que vous vaincriez, mais j'avais en même temps peur, très peur... Lorsque je vous ai vu arriver dans la vallée, il m'est venu à l'idée... comme vous avanciez très vite... que c'était des messagers qui venaient me dire que vous étiez blessé... ou tué.

– Maintenant, vous êtes rassurée? demanda le roi.

– Je suis heureuse... plus heureuse que je ne peux... le dire! Je me suis sentie si... seule... et si triste ici sans vous!

– Vous vous sentiez seule sans moi?

– Très... seule.

Elle le regarda dans les yeux. Elle y vit briller une lueur qui le poussait à la prendre dans ses bras. Mais il se détourna brusquement.

– Il faut que je vous parle, Anastasia, dit-il d'une voix qui parut soudain très dure.

– Qu'y a-t-il? demanda-t-elle. Qu'est-il... arrivé?

Une crainte soudaine l'envahit. Peut-être voulait-il recouvrer sa liberté? Elle sentit une douleur qui lui perça le cœur comme un poignard.

Cette pensée la faisait trembler et comme il traversait la pièce et se dirigeait vers la cour des Dauphins, elle le suivit.

– Qu'est-il arrivé? Qu'est-ce qui ne va... pas? demanda-t-elle. Est-ce quelque chose... que j'ai fait?

– Non, Anastasia. Tout ce que vous avez fait est parfait! On m'a dit que vous aviez parlé avec les paysans devant les grilles et que vous aviez failli mourir! Comment avez-vous pu prendre de tels risques alors que vous êtes ma femme?

– Le capitaine Aznar m'a sauvée, répondit Anastasia. J'ai pensé qu'il faudrait peut-être le décorer pour cet acte de courage.

– Je dois plus au capitaine Aznar que ce que peut valoir n'importe quelle décoration, répondit le roi, mais pour le moment c'est à vous seule que je pense. Tout le pays parle déjà de vous, Anastasia!

– Vous n'êtes pas... fâché de mon attitude si peu... protocolaire?

– J'en suis fier, très fier! répondit le roi.

– Alors, que devez-vous... me dire? Cela me fait peur!

– Qu'est-ce qui vous fait peur?

Anastasia ne répondit pas et après quelques instants, il insista :

– Dites-moi, je veux savoir!

– J'ai peur que... vous ne vouliez plus... de moi, dit Anastasia d'une voix à peine audible.

Il se tourna vers elle.

– Ce que j'ai à vous dire, Anastasia, commença Maximilien très calmement, c'est que nous ne pouvons pas continuer à vivre ensemble comme avant que tout cela n'arrive!

– Et pourquoi pas? demanda Anastasia. Que voulez-vous dire? Je ne... comprends pas!

– La nuit de notre mariage, répondit le roi, je vous ai donné ma parole de ne pas vous embrasser et de ne pas vous toucher avant que vous sollicitiez mes caresses. J'avais l'intention de tenir cette promesse, Anastasia. Vous m'avez dit que je devais conquérir votre esprit et c'est ce que j'étais déterminé à faire!

Anastasia se rendit compte qu'il parlait au passé et se mit à trembler plus encore.

– Mais maintenant, continua le roi, je ne peux plus tenir cette promesse. Cette première nuit, lorsque vous étiez endormie, j'ai compris que vous n'étiez pas seulement très belle mais aussi que vous incarniez tout ce qu'un homme peut désirer.

Anastasia se sentit parcourue d'un grand frisson, tandis que Maximilien continuait.

– Puis la nuit, dans la grotte, lorsque vous avez mis votre bras autour de moi, je me suis senti réconforté et soulagé, mais aussi plein d'une vigueur nouvelle. J'ai su alors que je vous aimais comme je n'avais jamais aimé aucune autre femme.

Anastasia prit une longue inspiration et leva les yeux vers son époux.

– Depuis ce moment-là, dit-il, je n'ai cessé de songer à vous. Vous êtes présente dans chacune de mes pensées et dans chacune de mes actions!

Il fit une pause puis reprit :

– Durant ces jours de combat, je me demandais toujours ce que vous me conseilleriez de faire, et j'ai essayé d'agir de façon que vous soyez fière de moi. Vous êtes si jeune, Anastasia, si innocente, si inexpérimentée! Et pourtant, vous avez rempli ma vie et je sais maintenant que je ne serais rien sans votre amour!

Il se détourna d'elle aussi brusquement qu'il l'avait fait tout à l'heure et fixa la fontaine dans la cour.

– J'ai peur de détruire la confiance que vous avez en moi, dit-il d'une voix étrange, mais c'est seulement parce que je vous aime trop, Anastasia, que je ne peux pas continuer à essayer de ne séduire que votre esprit et de prétendre que votre corps ne m'attire pas jusqu'à la folie!

Sa voix devint plus grave.

– Je ne suis pas anglais, je suis né au pays du soleil. J'ai essayé de vous expliquer que l'amour est pour moi un feu inextinguible que je ne peux pas contrôler.

Il y eut un silence mais Anastasia ne pouvait parler.

Il lui semblait que la pièce entière était inondée d'une lumière dorée. Elle se sentait incapable de faire un geste. Elle pouvait à peine respirer et le roi reprit :

– C'est pourquoi je suis venu vous demander de m'accepter près de vous comme un véritable époux; sinon je vous quitterai immédiatement!

Le roi eut un petit rire avant de poursuivre :

– Il m'est impossible, ma très belle, de rester allongé à côté de vous dans un lit sous prétexte que nous sommes mariés mais sans jouir de mes droits de mari. Je sais que je ne pourrais pas vivre sous le même toit que vous sans vous toucher, sans vous faire mienne! Je vous désire, Dieu m'est témoin, je vous désire tant!

Puis il dit fermement :

– A vous de choisir! Si vous me demandez de rentrer à Sergei, je vous obéirai! Mais je vous supplie de me délivrer de ma promesse et de me laisser vous montrer la profondeur de mon amour!

Anastasia tremblait et elle avait si fort crispé ses mains que ses doigts étaient devenus tout blancs.

Elle savait qu'il attendait une réponse et savait ce qu'elle voulait dire, mais n'arrivait pas à parler! Enfin d'une voix timide, qui contrastait avec la fermeté de la sienne, elle murmura :

– La nuit... dans la grotte... vous avez dit que vous vouliez jeter vos... décorations. J'ai pensé que lorsque vous... viendriez me rejoindre, je vous en... donnerai une autre.

– Oui, si c'est là votre souhait, répondit le roi.

Elle sentit de l'indifférence dans sa voix comme s'il pensait qu'elle cherchait à détourner la conversation.

– La décoration que je voulais... vous donner, dit Anastasia, s'appelle... un baiser pour le roi!

Pendant quelques instants, il resta figé. Puis il se retourna vers elle et elle vit ses yeux brillants dans son visage complètement transformé.

– Est-ce vraiment cela que vous vouliez? demanda-t-il. Oh, ma femme chérie, est-ce vraiment ce que vous vouliez dire?

Anastasia était toute tremblante, mais elle leva son visage vers le sien.

– J'ai tant rêvé de cet instant, dit-il d'une voix rauque et sa bouche prit possession de la sienne.

Lorsqu'il sentit que les lèvres d'Anastasia frémissaient sous les siennes, qu'elle frissonnait de tout son corps et qu'elle se pressait contre lui, ses baisers se firent ardents et passionnés.

Il sembla à Anastasia que le palais vacillait autour d'eux, puis il disparut complètement.

Ils étaient au sommet d'une haute montagne dominant le monde : un homme et une femme, seuls.

Comme le roi la serrait de plus en plus contre lui, ils finirent par ne plus se sentir qu'un seul et même corps, et elle eut l'impression qu'il lui serait impossible de subir plus longtemps cette extase sans mourir!

Il leva la tête pour la regarder mieux encore.

– Vous êtes belle! dit-il d'une voix émue, tellement belle! Suis-je en train de rêver ou est-ce la réalité?

– C'est la réalité.

– Et vous m'aimez?

– Vous le savez bien.

– Avec votre esprit et votre corps?

– De tout... mon être. Il n'y a rien en moi qui ne soit pas... vôtre!

Beaucoup plus tard, Anastasia bougea contre l'épaule du roi. Le coquillage de nacre brillait au-dessus d'eux dans le clair de lune.

– Etes-vous heureux? demanda-t-elle dans un murmure.

– Je ne savais pas qu'un tel bonheur existait, répondit-il. Mais il y a une question, ma chérie, que je veux vous poser.

– Laquelle? demanda Anastasia.

– Avez-vous touché les étoiles, ma tendre?

– J'avais l'impression que nous... en faisions tous les deux... partie.

– Et vous ai-je emmenée dans les profondeurs de la mer?

– Vous le savez bien! répondit-elle. C'était plus merveilleux... plus magnifique encore...

Elle poussa un long soupir et cacha son visage contre lui.

– J'entends les rossignols, dit-elle.

– C'est mon cœur qui chante, répondit le roi. Ici, c'est un palais pour les amoureux. Nous y vivrons le printemps et l'été. A Sergei, uniquement l'hiver!

– Vraiment? C'est merveilleux!

– Vous le désiriez, Anastasia?

– Oh oui! Parce que j'ai l'impression que c'est un lieu enchanté comme le palais de la Belle au Bois dormant.

Maximilien l'attira plus près de lui et sentit son corps très doux contre le sien.

– Et maintenant, ma Belle au Bois dormant est réveillée! Comment ai-je pu croire que les Anglaises étaient frigides!

– Vous n'êtes pas choqué... que je vous aime... tant et que je me sois tellement... abandonnée? demanda Anastasia.

Après un moment, le roi embrassa ses cheveux.

– Vous pensez à ce que vous a dit votre mère? demanda-t-il.

– Oui.

– Oubliez-le! Nous ne pouvons rien faire ensemble qui soit choquant, mon ange, puisque le feu de l'amour qui nous brûle est pur. Nous nous aimons, non seulement avec nos corps, mais aussi avec nos esprits.

– Il est difficile... de voir où l'un finit et où commence... l'autre, dit Anastasia.

Le roi eut un sourire très tendre.

– On ne peut pas séparer les deux lorsqu'on est amoureux. Et je suis amoureux de vous, ma chérie. Comme vous, c'est la première fois que cela m'arrive!

– Est-ce vrai? Absolument vrai? demanda Anastasia.

– Je vous jure que je ne savais pas que l'amour pouvait être aussi magnifique, aussi... parfait!

– Il faudra que vous... m'appreniez beaucoup pour que vous ne soyez pas un jour... lassé de moi, dit la jeune femme.

– Cela ne se produira jamais, répondit Maximilien. Non seulement parce que vous êtes la personne la plus désirable du monde, mais aussi parce que votre esprit m'a déjà inspiré mes plus belles actions!

Il posa ses lèvres sur son front et continua :

– Je ne pourrais jamais réaliser tous mes projets sans votre aide, Anastasia. C'est quelque chose que je n'imaginais pas avoir à dire à une femme, mais je vous le dis parce que c'est la vérité. J'ai besoin de vous!

Il fit une pause puis reprit d'une voix grave :

– Dans la grotte, lorsque vous me teniez dans vos bras, et que j'ai posé mon visage contre votre poitrine, vous n'étiez pas simplement ma femme mais aussi ma mère en même temps qu'une enfant. Vous êtes tout ce que je désirais depuis longtemps. La femme idéale dont tout homme rêve mais qu'il n'espère plus trouver!

Il embrassa ses yeux avant de continuer.

– Je vous aime, je vous désire, ma merveilleuse femme, et je vous adore!

Anastasia sentit les larmes lui monter aux yeux.

Il attira son visage vers le sien et ses lèvres prirent possession des siennes.

Son corps entier frissonnait contre lui. Encore une fois, il l'emmena vers les étoiles et dans les profondeurs de la mer... là où ils n'étaient plus qu'un.

Grands auteurs

Presque des classiques, des auteurs consacrés mais encore et tellement proches de nous.

Demandez à votre libraire le catalogue semestriel gratuit.

APOLLINAIRE Guillaume

Les onze mille verges (704★)
Une œuvre scandaleuse et libertine écrite par un grand poète.

CARRIÈRE Jean-Claude

Humour 1900 (1066★★★★)
Un feu d'artifice des plus brillants humoristes du début du siècle.
Lettres d'amour (1138★★★★)
Les plus belles pages inspirées par l'amour.

CESBRON Gilbert

Chiens perdus sans collier (6★★)
Le drame de l'enfance abandonnée.
Vous verrez le ciel ouvert (65★★★)
L'injustice, le miracle et la foi.
Il est plus tard que tu ne penses (131★★★)
L'euthanasie par amour.
Ce siècle appelle au secours (365★)
Un regard aigu sur notre civilisation.
C'est Mozart qu'on assassine (379★★★)
Le divorce de ses parents plonge Martin dans l'univers sordide des adultes. En sortira-t-il intact ?
L'homme seul (454★)
Une tragédie inspirée par le personnage de Mussolini.
Je suis mal dans ta peau (634★★★)
Après des études à Paris, deux jeunes Africains cherchent à reprendre racine dans leur terre natale.
Ce qu'on appelle vivre (851★★★★)
L'itinéraire d'une vie fervente et fraternelle.
La ville couronnée d'épines (979★★)
Amoureux de la banlieue, l'auteur recrée sa beauté passée.
Mourir étonné (1132★★★)
Au seuil de la mort, Cesbron s'interroge.
Mais moi je vous aimais (1261★★★★)
Assoiffé d'amour, le petit Yann se heurte à l'égoïsme des adultes, car son esprit ne grandit pas aussi vite que son corps.
Huit paroles pour l'éternité (1377★★★★)
Comment appliquer aujourd'hui les paroles du Christ.

CLANCIER Georges-Emmanuel

Le pain noir :
1 - Le pain noir (651★★★)
2 - La fabrique du roi (652★★★)
3 - Les drapeaux de la ville (653★★★★)
4 - La dernière saison (654★★★)
De 1875 à la Seconde Guerre mondiale, la chronique d'une famille pauvre qui tente de survivre, à l'heure des premiers grands conflits du travail.

CLAVEL Bernard

Le tonnerre de Dieu (290★)
Une fille perdue redécouvre la nature et la chaleur humaine.
Le voyage du père (300★)
Le chemin de croix d'un père à la recherche de sa fille.
L'Espagnol (309★★★)
Brisé par la guerre, il renaît au contact de la terre.
Malataverne (324★)
Ce ne sont pas des voyous, seulement des gosses incompris.
L'hercule sur la place (333★★)
L'aventure d'un adolescent parmi les gens du voyage.
Le tambour du bief (457★★)
Cette malade était incurable : Antoine, l'infirmier, avait-il le droit d'abréger ses souffrances ?

Le massacre des innocents (474★)
La découverte, à travers un homme admirable, des souffrances où la guerre jette les enfants.

L'espion aux yeux verts (499★★)
Des nouvelles qui sont aussi les souvenirs les plus chers de Bernard Clavel.

La grande patience:
1 - La maison des autres (522★★★★)
2 - Celui qui voulait voir la mer (523★★★★)
3 - Le cœur des vivants (524★★★★)
4 - Les fruits de l'hiver (525★★★★)
Julien ou la difficile traversée d'une adolescence sous l'Occupation.

Le seigneur du fleuve (590★★★)
Le combat, sur le Rhône, de la batellerie à chevaux contre la machine à vapeur.

Pirates du Rhône (658★)
Le Rhône d'autrefois, avec ses passeurs, ses braconniers, ses pirates.

Le silence des armes (742★★★)
Après la guerre, il regagne son Jura natal. Mais peut-on se défaire de la guerre?

Ecrit sur la neige (916★★★)
Un grand écrivain se livre à ses lecteurs.

Tiennot (1099★★)
Tiennot vit seul sur son île lorsqu'une femme vient tout bouleverser.

La bourrelle - L'Iroquoise (1164★★)
Au Québec, une femme a le choix entre la pendaison et le mariage.

Les colonnes du ciel:
1 - La saison des loups (1235★★★)
"Un hiver terrible où le vent du nord portait la peur, la mort et le hurlement des loups."

2 - La lumière du lac (1306★★★★)
L'histoire de ce "fou merveilleux" qui bouleverse les consciences, réveille les tièdes, entraîne les ardents.

3 - La femme de guerre (1356★★★)
Pour poursuivre l'œuvre du "fou merveilleux", Hortense découvre "l'effroyable devoir de tuer".

Lettre à un képi blanc (D 100★)
La lutte contre la guerre est le combat essentiel.

COLETTE

Le blé en herbe (2★)
Phil partagé entre l'expérience de Léa et l'innocence de Vinca.

DAUDET Alphonse

Tartarin de Tarascon (34★)
Sa vantardise en a fait un héros immortel.
Lettres de mon moulin (844★)
Le curé de Cucugnan, la chèvre de M. Seguin... Des amis de toujours.

FLAUBERT Gustave

Madame Bovary (103★★)
De cet adultère provincial Flaubert a fait un chef-d'œuvre.

FOURASTIÉ Fr. et J.

Les écrivains témoins du peuple (1090★★★★)
De Chrétien de Troyes à Zola, la vie quotidienne des générations qui ont fait la France d'aujourd'hui.

PEREC Georges

Les choses (259★)
Le bonheur est-il lié aux choses qui peuvent s'acheter?

PERRAULT Gilles

Casanova (1279★★★★)
Le plus célèbre séducteur de son temps, un grand écrivain.

RENARD Jules

Poil de carotte (11★)
Sous son ironie facilement amère, que de tendresse pour son père!

ROY Claude

Victor Hugo, témoin de son siècle (1171★★★★)
Le XIXe siècle décrit par le grand visionnaire.